Learn Spanish with
Horror Stories

Spanish A1 Reader

Brian Smith

Copyright 2024

Brian Smith

Carmen y el Castillo de los Secretos

La Compra

Carmen es una tendera en España. Un día, compra un título de condesa de la realeza rumana. Está muy feliz.

"¡Soy condesa!" dice Carmen a sus amigos.

Recibe una carta de Rumanía. La carta es muy bonita y grande.

"¿Qué dice?" pregunta Carmen.

La carta dice que tiene un castillo en Rumanía.

"¡Tengo un castillo!" grita Carmen, sorprendida.

Carmen no puede creerlo. Piensa y piensa.

"Debo ir a Rumanía," decide Carmen.

Empaca sus cosas rápidamente. Pone ropa y zapatos en su maleta.

"Adiós, amigos," dice Carmen. "Voy a Rumanía."

Los amigos dicen, "¡Buena suerte, Carmen!"

Carmen toma un avión a Rumanía. El avión vuela durante muchas horas.

Llega a Rumanía por la noche. Es muy oscuro.

"¿Dónde estoy?" piensa Carmen.

Un carro antiguo la espera en el aeropuerto. El conductor no habla mucho.

"Al castillo," dice el conductor.

El camino al castillo es largo y muy oscuro. No hay luces.

Carmen mira por la ventana y piensa, "¿Dónde está el castillo?"

Después de mucho tiempo, llegan. El castillo es grande y viejo.

"¿Este es mi castillo?" pregunta Carmen.

"Sí, señora condesa," dice el conductor.

Carmen sale del carro. Mira el castillo.

"Es grande... pero parece abandonado," piensa.

Siente un poco de miedo. El viento sopla y las puertas del castillo se abren solas.

Carmen entra al castillo. Dentro, es oscuro y silencioso.

"¡Hola!" grita Carmen. Pero no hay respuesta.

"Estoy aquí," piensa Carmen. "En mi castillo." Pero se siente muy sola y un poco asustada.

El castillo tiene secretos. Carmen no sabe qué pasará después.

- Abandonado - Abandoned.
- Antiguo - Old, ancient.
- Avión - Airplane.
- Camino - Road, way.
- Carro - Car.
- Castillo - Castle.
- Condesa - Countess.
- Conductor - Driver.
- Empaca - She packs.
- Maleta - Suitcase.
- Oscuro - Dark.
- Realeza - Royalty.
- Sopla - Blows.
- Sorprendida - Surprised.
- Tendera - Shopkeeper.
- Viento - Wind.
- Asustada - Frightened.

La Llegada

Carmen entra al castillo. Es grande y muy viejo.

"Hay muchas telarañas," dice Carmen. No le gustan.

Carmen busca una luz. Pero no encuentra ninguna.

"¡Ay, no hay luz!" dice Carmen. Busca en su bolsa y encuentra una vela.

Enciende la vela. Ahora puede ver un poco.

"Es mejor," dice Carmen. Pero escucha ruidos extraños.

"¿Qué es eso?" pregunta Carmen al aire.

Siente miedo. Piensa que alguien la está mirando.

"¿Hay alguien aquí?" pregunta Carmen. Pero nadie responde.

Carmen encuentra una habitación. Hay una cama vieja.

"Voy a dormir aquí," decide Carmen. Pero no hay electricidad.

Usa la vela para ver. Pone la vela cerca de la cama.

La noche es muy, muy silenciosa. Carmen siente frío y mucho miedo.

Intenta dormir. Pero es difícil.

"Quiero dormir," dice Carmen. Pero escucha pasos fuera de la habitación.

"¿Quién está ahí?" grita Carmen. Pero no hay respuesta.

Algo golpea la ventana de la habitación.

Carmen se asusta mucho. "¿Debo mirar?" piensa.

Pero tiene demasiado miedo. No mira.

Se pone bajo las cobijas. "Quiero que sea mañana," piensa Carmen.

La noche es larga y muy oscura. Carmen espera y espera.

Finalmente, se duerme. Pero duerme mal.

"¿Qué va a pasar?" piensa antes de dormir.

La aventura de Carmen en el castillo solo comienza.

- Cobijas - Blankets.
- Demasiado - Too much.

- Electricidad - Electricity.
- Enciende - Lights up (or He/She lights up).
- Extraños - Strange.
- Frío - Cold.
- Golpea - Hits.
- Habitación - Room.
- Intenta - Tries.
- Miedo - Fear.
- Oscura - Dark (feminine).
- Pasos - Steps.
- Ruidos - Noises.
- Silenciosa - Silent (feminine).
- Telarañas - Cobwebs.
- Vela - Candle.
- Viejo - Old.

Descubrimientos Oscuros

Carmen despierta. Es de día. Se siente un poco mejor.

"Hoy es un nuevo día," dice Carmen. Se levanta de la cama.

Decide explorar el castillo. Quiere conocer su nuevo hogar.

Caminando, encuentra retratos en la pared. Son de condes y condesas.

"Son muy antiguos," dice Carmen. Pero nota algo raro.

"Todos miran de manera extraña," piensa. "Como si supieran algo."

Luego, Carmen encuentra una biblioteca. Es grande y antigua.

"Hay muchos libros aquí," dice Carmen. Examina los libros.

Los libros tratan sobre vampiros y leyendas. Carmen se interesa.

"Vampiros," dice Carmen. "¿Será verdad?"

En la biblioteca, Carmen encuentra un diario muy antiguo. Lo abre y lee.

El diario habla de un vampiro que vive en el castillo.

"¿Un vampiro aquí?" dice Carmen, asustada.

Carmen recorre el castillo. Pero nota algo.

"Estoy sola," piensa. Intenta abrir otras puertas.

Pero las puertas no se abren. "Estoy atrapada," dice Carmen.

Encuentra una habitación extraña. Hay una capa antigua.

"¿De quién es esta capa?" se pregunta Carmen. La capa es negra y larga.

Pronto, es de noche otra vez. Carmen se asusta.

Los ruidos extraños regresan. "No me gusta esto," dice Carmen.

Camina por el castillo. Pero siente que algo, o alguien, la sigue.

"¿Quién está ahí?" pregunta Carmen. Pero no hay respuesta.

Carmen corre hacia su habitación. Cierra la puerta con miedo.

"¿Qué está pasando?" se pregunta. Está muy asustada.

El castillo tiene secretos. Carmen quiere descubrirlos. Pero está muy asustada.

- Antiguos - Ancient.
- Atrapada - Trapped (feminine).
- Biblioteca - Library.
- Capa - Cape.
- Condes - Counts.
- Descubrirlos - Discover them.
- Diario - Diary.
- Encuentra - Finds.
- Extraña - Strange (feminine).
- Leyendas - Legends.
- Manera - Way, manner.
- Raro - Strange, odd.
- Recorre - Travels through, wanders.

- Regresan - Return.
- Retratos - Portraits.
- Vampiro - Vampire.
- Verdad - Truth.

La Presencia

Carmen camina por el castillo. Ve sombras que se mueven.

"¿Quién está ahí?" pregunta Carmen. Pero no hay respuesta.

Carmen va a la cocina. Pero hay un problema.

"¡No hay comida!" dice Carmen. Busca y busca, pero no encuentra nada.

Intenta abrir el grifo, pero no sale agua.

"¿Qué hago?" piensa Carmen. "Necesito encontrar una salida."

Carmen explora el castillo. Encuentra pasadizos secretos.

"¿Adónde van estos pasadizos?" se pregunta. Los pasadizos son oscuros y fríos.

Mientras camina, escucha susurros. Los susurros vienen de las paredes.

"¿Estoy soñando?" se pregunta Carmen. Pero los susurros son reales.

De repente, ve una figura en la distancia. Es una persona... ¿o algo más?

"¡Hola!" grita Carmen. Pero la figura desaparece.

Carmen sigue caminando. Encuentra una habitación extraña.

Hay un ataúd en la habitación. El ataúd es grande y viejo.

Carmen se acerca al ataúd. Siente un frío que nunca ha sentido.

"¿Debo abrirlo?" piensa Carmen. Pero tiene mucho miedo.

Es de noche otra vez. Carmen intenta dormir en su habitación.

Pero la figura aparece en su habitación. La figura está cerca de su cama.

Carmen quiere correr, pero no puede. Está muy asustada.

La figura se acerca más y más. Tiene colmillos brillantes.

Carmen mira a la figura. Los ojos de la figura son rojos.

Carmen grita, pero nadie la escucha. Está sola con la figura.

La figura se acerca a Carmen. Carmen no puede moverse.

De repente, todo se vuelve oscuro. Carmen se desmaya de terror.

"¿Qué me va a pasar?" piensa antes de perder el conocimiento.

El castillo guarda secretos oscuros. Y Carmen está en medio de ellos.

- Ataúd - Coffin.
- Colmillos - Fangs.
- Desaparece - Disappears.
- Desmaya - Faints.
- Encuentra - Finds.
- Frío - Cold.
- Grifo - Faucet.
- Miedo - Fear.
- Mueven - Move.
- Oscuros - Dark.
- Pasadizos - Passageways.
- Presencia - Presence.
- Secretos - Secrets.
- Sombras - Shadows.
- Susurros - Whispers.
- Terror - Terror.
- Viene - Comes.

La Confrontación

Carmen despierta. Está en el suelo de su habitación. Está confundida.

"¿Qué pasó?" se pregunta Carmen. Recuerda la figura con colmillos.

De repente, la figura aparece otra vez. Es un hombre alto y oscuro.

"Yo soy el conde Drácula," dice la figura con una voz profunda.

Drácula mira a Carmen. "Tú debes obedecerme," dice Drácula.

Pero Carmen es fuerte. "Yo no soy parte de tu mundo," dice Carmen. "Y nunca lo seré."

Drácula se enoja. Sus ojos se vuelven aún más rojos. Pero él desaparece.

Carmen sabe que necesita protegerse. Busca algo para defenderse.

En un viejo armario, encuentra una cruz y un frasco de agua bendita.

"Cuidado, Drácula," dice Carmen. "Estoy preparada."

La noche llega. Todo está oscuro y silencioso.

De repente, Drácula aparece otra vez. "Ahora eres mía," dice Drácula.

Pero Carmen está preparada. Levanta la cruz.

"¡Atrás!" grita Carmen. Drácula ve la cruz y retrocede gritando.

La cruz y el agua bendita son eficaces. Drácula no puede acercarse.

Carmen corre. Busca una salida. "Debo escapar," piensa.

Drácula la sigue. Corren por los pasillos oscuros y largos.

Pero Carmen es rápida y valiente. Encuentra una puerta.

La puerta está cerrada. Pero Carmen empuja y empuja.

La puerta se abre. Carmen sale del castillo.

"Libre," piensa Carmen. Pero sabe que aún no está segura.

Corre hacia el bosque. El bosque es oscuro y frío.

Pero Carmen prefiere el bosque al castillo. Se esconde entre los árboles.

"Estoy lejos de Drácula," piensa Carmen. Pero el miedo todavía está en su corazón.

Carmen mira el castillo desde el bosque. Sabe que la batalla no ha terminado.

- Acercarse - To approach.
- Atrás - Back, behind.
- Batalla - Battle.
- Bosque - Forest.
- Confundida - Confused (feminine).
- Defenderse - To defend oneself.
- Desaparece - Disappears.
- Eficaces - Effective (plural).
- Empuja - Pushes.
- Enoja - Gets angry.
- Escapar - To escape.
- Frasco - Flask, jar.
- Libre - Free.
- Obedecerme - Obey me.
- Protegerse - To protect oneself.
- Retrocede - Retreats, steps back.
- Valiente - Brave.

La Transformación

Carmen corre por el bosque. Está muy herida y cansada.

"Debo seguir," se dice Carmen. Pero es difícil.

De repente, Drácula aparece frente a ella.

"¡No!" grita Carmen. Pero ya es tarde.

Drácula la muerde y bebe su sangre. Carmen siente un dolor como nunca antes.

"¡Duele!" grita. Pero Drácula no para.

Carmen pierde la fuerza lentamente. Sus ojos se cierran.

Cuando despierta, algo es diferente. Carmen se siente extraña.

"¿Qué me ha pasado?" se pregunta. Se mira las manos y ve que su herida ha desaparecido.

"Estoy... ¿curada?" Carmen no lo entiende.

Pero entonces, siente una sed. No es una sed normal.

"¿Por qué tengo tanta sed?" se pregunta Carmen. Pero sabe que no es sed de agua.

La luz del sol sale. Carmen corre.

"¡Ay, la luz!" La luz del sol le hace daño.

Carmen regresa al castillo. No sabe por qué, pero siente que necesita volver.

Drácula la espera. "Bienvenida a nuestro mundo," dice con una sonrisa.

Carmen lo entiende todo ahora. "Soy... como tú," dice lentamente.

Drácula asiente. "Sí, Carmen. Ahora eres parte de nosotros."

Pero Carmen no quiere ser un vampiro. "Debo encontrar una cura," piensa.

Busca en la biblioteca. Lee todos los libros antiguos.

"Pero, ¿dónde está la cura?" Carmen busca y busca.

La noche llega otra vez. Carmen siente la sed. Es una sed muy fuerte.

Intenta resistirse. Pero la sed de sangre es más fuerte que ella.

"¿Qué voy a hacer?" Carmen está asustada y confundida.

El mundo de Carmen ha cambiado. Ahora es parte del mundo oscuro de Drácula.

- Asustada - Scared (feminine).
- Bebe - Drinks.
- Cansada - Tired (feminine).
- Curada - Healed (feminine).
- Desaparecido - Disappeared.
- Diferente - Different.
- Duele - It hurts.
- Extraña - Strange (feminine).
- Herida - Wounded, injury.
- Lentamente - Slowly.
- Muerde - Bites.
- Resistirse - To resist.
- Sangre - Blood.
- Sed - Thirst.
- Transformación - Transformation.
- Volver - To return.
- Bienvenida - Welcome (feminine).

La Nueva Condesa Drácula

Carmen mira sus manos. Son diferentes ahora. Acepta lo que es.

"Soy la condesa Drácula," dice Carmen. Se siente poderosa.

Drácula, el conde, está con ella. "Ahora, eres parte de nuestro mundo," le dice.

Carmen aprende muchas cosas nuevas. Drácula le enseña a usar sus nuevos poderes.

"Ahora puedo hacer muchas cosas," dice Carmen. Se siente fuerte.

Aprende a cambiar de forma. Puede convertirse en un murciélago, un lobo o la niebla.

"Es increíble," dice Carmen. Pero también está triste.

La gente del pueblo nota cambios. "Hay algo diferente en el castillo," dicen.

Carmen y Drácula gobiernan juntos. Pero Carmen es diferente.

"Quiero ayudar a la gente," dice Carmen. No quiere ser mala.

Decide establecer nuevas reglas para los vampiros. "No más daño a los inocentes," dice.

Carmen todavía siente su humanidad. Quiere proteger, no lastimar.

La gente del pueblo comienza a notar. "La condesa nos protege," dicen.

Carmen protege al pueblo del mal. Lucha contra otros vampiros malvados.

Se convierte en una leyenda. La gente cuenta historias sobre ella.

"La condesa justa," dicen en el pueblo. Carmen escucha y sonríe.

Encuentra paz. "Esto es mi nuevo hogar," piensa.

La historia de la Condesa Drácula, la condesa justa, vive para siempre.

Carmen mira el cielo. "Puedo hacer el bien aquí," dice.

La luna brilla sobre el castillo. Carmen, la nueva condesa Drácula, mira hacia el futuro.

- Aprende - Learns.
- Cambiar - To change.
- Condesa - Countess.
- Convertirse - To become.
- Establecer - To establish.
- Gobiernan - They govern.
- Humanidad - Humanity.

- Inocentes - Innocents.
- Leyenda - Legend.
- Murciélago - Bat.
- Niebla - Fog.
- Paz - Peace.
- Poderosa - Powerful (feminine).
- Protege - Protects.
- Reglas - Rules.
- Triste - Sad.
- Vampiros - Vampires.

La Noche del Hombre Lobo

La Acampada

Un grupo de soldados españoles llega a los Pirineos. Están felices y conversan entre ellos.

"¡Qué bonito es aquí!" dice uno de los soldados.

"Sí, es perfecto para nuestra acampada," responde otro.

Los soldados comienzan a montar sus tiendas. Trabajan juntos.

"Vamos a hacer un gran fuego," sugiere uno.

Pronto, tienen un fuego grande y bonito. Se sientan alrededor del fuego.

"Me siento seguro aquí," dice un soldado.

Todos están contentos. Es una noche clara con luna llena.

Cerca de ellos, hay un pastor local. Pero el pastor se siente extraño esta noche.

"La luna llena siempre me hace sentir raro," piensa el pastor.

La luna brilla intensamente en el cielo. De repente, el pastor comienza a cambiar. Se transforma en un hombre lobo.

Los soldados no saben nada del peligro. Continúan riendo y cantando.

"Mira la luna, qué grande está," comenta uno.

Sin embargo, no ven al hombre lobo que los observa desde lejos.

Después de cenar, los soldados deciden que es hora de dormir.

"Buenas noches," se dicen todos.

Se retiran a sus tiendas, sin saber lo que les espera.

La noche es tranquila. Pero está llena de secretos y misterios.

El hombre lobo se acerca sigilosamente al campamento, mirando las tiendas.

Los soldados duermen, sin saber que el peligro está muy cerca.

El bosque está en silencio, pero algo grande se mueve entre los árboles.

La acampada que comenzó con risas, ahora es una escena de misterio y temor bajo la luz de la luna llena.

- Acampada - Camping.
- Bonito - Beautiful, nice.
- Cenar - To have dinner.
- Extraño - Strange.
- Felices - Happy (plural).
- Fuego - Fire.
- Hombre lobo - Werewolf.
- Intensamente - Intensely.
- Luna - Moon.
- Misterios - Mysteries.
- Montar - To set up, to mount.
- Pastor - Shepherd.
- Peligro - Danger.
- Pirineos - Pyrenees.
- Raro - Weird, strange.
- Sigilosamente - Stealthily.
- Tiendas - Tents.

Primer Encuentro

Los soldados duermen tranquilamente en sus tiendas. Es una noche fría en los Pirineos.

De repente, uno de los soldados, Pedro, escucha algo afuera. "¿Qué es eso?" piensa. Está muy oscuro.

Pedro sale de su tienda lentamente. Mira con sus ojos en la oscuridad.

Ve algo grande y oscuro. No parece un animal normal. Es... ¿un hombre lobo?

El hombre lobo ve a Pedro. ¡Ataca rápidamente!

Pedro grita fuerte, "¡Ayuda! ¡Socorro!"

Los otros soldados escuchan los gritos. Se despiertan rápidamente y salen de las tiendas.

Ven al hombre lobo. Está sobre Pedro. Pedro está en el suelo.

El hombre lobo mira a los soldados. Tiene ojos rojos y dientes grandes.

Rápidamente, el hombre lobo corre hacia los árboles. Desaparece en la oscuridad.

Los soldados corren hacia Pedro. "¿Estás bien?" le preguntan.

Pedro está herido, pero vivo. "Fue... un hombre lobo," dice asustado.

Los soldados no pueden creerlo. "¿Un hombre lobo? ¿Aquí?"

Están muy asustados y confundidos. No saben qué hacer.

Pedro dice, "No podemos dormir. Puede atacarnos otra vez."

Todos los soldados deciden no dormir más esa noche. Se sienten inseguros.

Preparan sus armas. Tienen rifles y cuchillos. Quieren proteger el campamento.

Pero el miedo es intenso. Nadie habla mucho. Solo escuchan los sonidos de la noche.

La luna llena ilumina el cielo. Todo el campamento está lleno de miedo.

Los soldados observan los árboles y esperan. Pasan toda la noche en vela. El miedo no desaparece.

- Armas - Weapons.
- Ataca - Attacks.
- Confundidos - Confused (plural).
- Desaparece - Disappears.
- Dientes - Teeth.
- Escuchan - They listen.

- Fría - Cold (feminine).
- Herido - Injured (masculine).
- Inseguros - Insecure, unsafe (plural).
- Intenso - Intense.
- Miedo - Fear.
- Noche - Night.
- Oscuro - Dark.
- Rápidamente - Quickly.
- Rifles - Rifles.
- Socorro - Help.
- Tiendas - Tents.

La Caza

Los soldados están listos para buscar al hombre lobo. "Debemos encontrarlo," dice el líder, Juan.

Avanzan juntos, paso a paso, por el bosque. La tensión es palpable.

"Esto es una mala idea," dice Luis, un joven soldado. Está asustado.

Escuchan ruidos extraños. "¿Qué es eso?" pregunta Luis.

De repente, ¡el hombre lobo salta desde los árboles!

Un soldado, Carlos, dispara su rifle, pero falla. "¡No!" grita Carlos.

El hombre lobo ataca a Carlos. Carlos grita de dolor.

Los soldados no saben qué hacer. "¡Corran!" grita Juan.

Corren rápidamente de regreso al campamento. Están aterrorizados.

"Debemos permanecer juntos," dice Juan. Todos asienten.

La noche se vuelve ahora más oscura y mucho más fría.

Los soldados sienten un miedo abrumador. "Él nos está cazando," dice Luis.

Deciden establecer turnos para la vigilancia. "Yo primero," se ofrece Juan.

Nadie logra dormir. El miedo domina el campamento.

Escuchan aullidos en la lejanía. "Está cerca," dice Carlos, aún herido.

Todos miran hacia el bosque. Están alerta y llenos de temor.

La luna brilla intensamente en el cielo. La noche de terror continúa.

- Abrumador - Overwhelming.
- Alerta - Alert.
- Aterrorizados - Terrified.
- Avanzan - They advance.
- Aullidos - Howls.
- Cazando - Hunting.
- Dispara - Shoots.
- Dormir - To sleep.
- Establecer - To establish.
- Extraños - Strange.
- Falla - Fails.
- Miedo - Fear.
- Palpable - Palpable, tangible.
- Permanecer - To remain.
- Rápidamente - Quickly.
- Tensión - Tension.
- Vigilancia - Vigilance.

La Emboscada

Los soldados están muy cansados y asustados. No han dormido bien.

"Debemos hacer algo," dice el líder, Juan. "Vamos a tender una trampa."

Todos los soldados se esconden alrededor del campamento. Esperan en silencio.

La noche es oscura. El viento sopla. De repente, aparece el hombre lobo.

Es grande y fuerte, con ojos como fuego. Los soldados se preparan para atacar.

Todos atacan juntos. "¡Ahora!" grita Juan. Corren hacia el hombre lobo.

Pero el hombre lobo es muy rápido. Ataca a los soldados uno tras otro.

Durante la lucha, Luis, un soldado, logra herir al hombre lobo. "¡Lo tengo!" grita Luis.

Pero el hombre lobo, herido, corre y escapa de nuevo en la oscuridad.

Los soldados se sienten tristes y desesperados. "¿Qué hacemos ahora?" pregunta Pedro.

Algunos soldados están muy asustados. "Debemos irnos de aquí," sugieren.

Pero Juan, el líder, dice, "No podemos dejar que nos venza. Debemos luchar juntos."

Todos los soldados deciden quedarse. Preparan nuevas armas con palos y piedras.

La noche es larga y fría. Esperan, observando las sombras.

Escuchan aullidos muy cerca. El hombre lobo no se ha ido.

"Está cerca," dice Juan. "Debemos estar listos."

Los soldados miran hacia la oscuridad. El miedo los envuelve.

La luna llena brilla en el cielo. Es una noche llena de terror.

Esperan la próxima batalla. Saben que el hombre lobo volverá.

- Asustados - Scared.

- Atacar - To attack.
- Cansados - Tired.
- Desesperados - Desperate.
- Emboscada - Ambush.
- Envuelve - Envelops.
- Escapa - Escapes.
- Esconden - They hide.
- Herir - To injure.
- Lucha - Fight.
- Oscura - Dark.
- Palos - Sticks.
- Piedras - Stones.
- Preparan - They prepare.
- Sopla - Blows.
- Trampa - Trap.
- Venza - Defeats (from the verb 'vencer').

Última Resistencia

Después de días de terror, solo quedan unos pocos soldados. Están cansados, pero deciden luchar.

"Debemos construir una defensa fuerte," dice Juan, el líder del grupo. Rápidamente, construyen una barrera alrededor del fuego.

Se preparan para el ataque final. "Esta noche decidimos todo," afirma Juan con voz firme.

De repente, el hombre lobo ataca con una furia nunca vista antes. Los soldados gritan y luchan.

La batalla es violenta. Luchan con todas sus fuerzas, pero el hombre lobo es muy fuerte.

Uno por uno, los soldados caen. Solo queda Juan.

Juan mira al hombre lobo. Está muy cansado, pero sabe que debe continuar la lucha.

"¡Por mis amigos!" grita Juan. Y se lanza hacia el hombre lobo.

El hombre lobo ataca, pero Juan es ágil. Lucha con todas sus fuerzas.

Parece que el hombre lobo es invulnerable. Pero Juan no desiste.

Con un último esfuerzo, Juan logra herir gravemente al hombre lobo con su cuchillo.

Pero Juan también está herido. Está exhausto y siente mucho dolor.

La lucha se prolonga, pareciendo interminable.

Finalmente, con un último grito, el hombre lobo cae al suelo.

Juan cae de rodillas. Está debilitado, pero sigue vivo.

La noche permanece oscura. No hay sonidos, solo silencio.

Juan levanta la vista al cielo. La luna llena aún brilla, pero el terror ha acabado.

"Lo logramos," susurra Juan. Pero se encuentra solo. Recuerda a sus amigos y llora.

La noche continúa en silencio. Juan sabe que jamás olvidará esta noche. La noche de la última resistencia.

- Ataque - Attack.
- Barrera - Barrier.
- Cansados - Tired.
- Construir - To build.
- Defensa - Defense.
- Debilitado - Weakened.
- Exhausto - Exhausted.
- Furia - Fury.
- Gravemente - Seriously (as in seriously injured).
- Herido - Injured.
- Invulnerable - Invulnerable.
- Lucha - Fight, struggle.
- Prolonga - Extends, prolongs.
- Resistencia - Resistance.

- Terror - Terror.
- Violenta - Violent.

El Amanecer

El último soldado, Juan, está solo y herido en el suelo. La noche ha sido larga y terrible.

El cielo empieza a aclararse. Llega la mañana. Juan mira al cielo y ve los primeros rayos del sol.

De repente, ve algo sorprendente. El cuerpo del hombre lobo cambia. Se transforma en una persona.

El cuerpo ahora es del pastor local, el señor López. Juan no puede creer lo que ve.

"¿El señor López?" Juan está confundido y asustado. Ahora entiende todo.

El pastor, que todos conocían, era el hombre lobo. Juan llora. Piensa en sus amigos, en la batalla.

Pero Juan sabe que debe seguir viviendo. Se levanta con dificultad. Está herido, pero avanza.

Camina lentamente lejos del campamento. Todo está destruido. No queda nada.

El sol calienta el rostro de Juan. Está cansado, pero continúa su camino.

Piensa en sus amigos, en lo ocurrido. ¿Cómo contará esta historia? ¿Quién le creerá?

Juan sabe que su vida y la de los demás en los Pirineos nunca volverá a ser la misma. Todo ha cambiado.

Promete recordar a sus amigos. "Nunca los olvidaré," murmura.

El camino es largo, pero Juan continúa. Quiere encontrar a alguien, compartir su historia.

Pero también siente miedo. ¿Y si el hombre lobo regresa? ¿Y si hay más como él?

Juan sigue adelante. El sol ya está alto. Es un nuevo día, pero para Juan, todo ha cambiado.

Se promete a sí mismo no olvidar nunca, recordar siempre la noche del hombre lobo en los Pirineos.

- Aclararse - To clear up, to brighten.
- Amanecer - Dawn.
- Avanza - He advances, moves forward.
- Calienta - It warms, heats up.
- Caminar - To walk.
- Confundido - Confused.
- Continúa - Continues.
- Destruído - Destroyed.
- Herido - Injured.
- Lentamente - Slowly.
- Murmura - Murmurs.
- Ocurrido - Occurred.
- Promete - Promises.
- Rayos - Rays.
- Sorprendente - Surprising.
- Transforma - Transforms.
- Vivir - To live.

El Regreso

Juan, el soldado, camina durante mucho tiempo. Sus pies le duelen, pero no se detiene.

Después de muchas horas, ve un pueblo. Es pequeño y tranquilo.

La gente del pueblo ve a Juan. Está sucio y herido. Corren a ayudarlo.

Juan les cuenta todo sobre la noche del hombre lobo. Habla de sus amigos y del ataque.

Algunas personas piensan que Juan está loco. "Imposible," dicen.

Pero el médico examina las heridas de Juan. Son grandes y profundas. "Esto fue hecho por un animal grande," afirma el médico.

Juan descansa en el pueblo. Come y bebe. Poco a poco, empieza a sentirse mejor.

Pero no puede olvidar la noche en los Pirineos. Decide volver.

"No puedo dejarlo así," piensa Juan. Quiere respuestas.

Algunas personas valientes del pueblo deciden acompañarlo. Quieren descubrir la verdad.

Regresan al lugar del horror. Encuentran las tiendas rotas y manchas de sangre.

Ahora, la gente del pueblo cree a Juan. La historia se comprueba real.

Juan se convierte en un héroe, aunque no lo desea. Solo quiere olvidar.

Pero el recuerdo de esa noche siempre está con él. Tiene problemas para dormir.

La gente del pueblo habla sobre el hombre lobo. "¿Está muerto?" se preguntan.

Juan sabe que el hombre lobo ha muerto. Pero la leyenda continúa viva.

La gente nunca olvidará la historia de Juan y la noche del hombre lobo en los Pirineos.

Juan mira hacia las montañas. Sabe que su vida ha cambiado para siempre.

- Acompañarlo - To accompany him.
- Ataque - Attack.
- Comprueba - Confirms.
- Descansa - Rests.
- Desea - Wishes.

- Empieza - Starts.
- Heridas - Wounds.
- Horror - Horror.
- Imposible - Impossible.
- Loco - Crazy.
- Manchas - Stains.
- Médico - Doctor.
- Pueblo - Village.
- Recuerdo - Memory.
- Respuestas - Answers.
- Rotas - Broken (plural feminine).
- Valientes - Brave (plural).

Misterios Bajo la Arena

El Desierto del Sur

Un grupo de amigos llega al desierto del sur de España. Están muy contentos.

"¡Qué lugar tan bonito!" dice Ana, mirando alrededor.

"Sí, ¡vamos a pasarla genial!" responde Luis.

Empiezan a montar las tiendas. Trabajan juntos y rápido.

Después, hacen una barbacoa. La comida huele muy bien.

"¡Me encanta la barbacoa!" dice Carlos con una sonrisa.

Cantan y ríen. La música llena el aire del desierto.

"Este viaje es perfecto," dice Marta, feliz.

El sol se pone. El cielo se llena de estrellas.

"¡Mira las estrellas!" dice Ana. "¡Hagamos deseos!"

Todos miran el cielo y hacen un deseo en silencio.

Hablan de sus sueños y planes para el futuro.

"Mañana podemos explorar," sugiere Luis.

Todos están de acuerdo. Están emocionados por la aventura.

Se van a dormir, felices y tranquilos.

El desierto es silencioso y calmado.

Pero no saben lo que les espera.

"Buena noche," dicen todos.

Dentro de sus tiendas, duermen sin conocer el misterio que oculta el desierto.

La noche en el desierto es tranquila, pero está llena de secretos.

- Aventura - Adventure.
- Barbacoa - Barbecue.

- Calmado - Calm.
- Contentos - Happy (plural).
- Desierto - Desert.
- Deseos - Wishes.
- Emocionados - Excited (plural).
- Estrellas - Stars.
- Explorar - To explore.
- Futuro - Future.
- Huele - Smells.
- Misterio - Mystery.
- Montar - To set up, to mount.
- Planes - Plans.
- Secretos - Secrets.
- Tiendas - Tents.
- Tranquilos - Calm, tranquil (plural).

Las Ruinas Antiguas

Los campistas se levantan con el sol. "Buenos días," se dicen unos a otros.

Desayunan juntos. Hay pan, frutas y café. "¡Qué rico!" comenta Marta.

"Vamos a caminar," propone Ana. Todos asienten con entusiasmo.

Caminan bajo el sol del desierto. Llevan agua y sombreros para protegerse.

De repente, Luis grita, "¡Miren eso!" Señala hacia unas ruinas.

"¡Qué increíble!" exclama Carlos. Todos corren hacia las ruinas.

Exploran con cuidado. "Esto es antiguo," observa Ana, tocando las paredes.

Descubren jeroglíficos extraños. "Nunca he visto algo así," murmura Marta.

Se sienten emocionados pero también un poco nerviosos. "¿Qué significarán?" pregunta Luis.

Saca su cámara y toma muchas fotos. Marta dibuja los símbolos en su libreta.

Pero algo en el lugar se siente extraño. "Hay algo raro aquí," menciona Carlos.

Algunos quieren regresar. "Quizás debemos irnos," sugiere Marta con cautela.

Pero la curiosidad vence al miedo. "Exploremos un poco más," insiste Ana.

Encuentran estructuras más extrañas. "Esto debió ser una ciudad," concluye Luis.

Un viento fuerte comienza a soplar. La arena se levanta, volando por todas partes.

"¿Escucharon eso?" pregunta Carlos. Todos se detienen y prestan atención.

Las ruinas parecen ocultar algo más, algo no visible a simple vista.

"Deberíamos irnos," dice Marta, pero el viento dispersa sus palabras.

Continúan explorando, aunque con reservas. "Estas ruinas guardan un secreto," sugiere Ana.

El desierto permanece en silencio, mientras que las ruinas susurran sobre su oscuro pasado.

- Antiguo - Ancient.
- Cautela - Caution.
- Curiosidad - Curiosity.
- Desayunan - They have breakfast.
- Estructuras - Structures.
- Exclama - Exclaims.
- Exploran - They explore.
- Jeroglíficos - Hieroglyphs.
- Libreta - Notebook.

- Nerviosos - Nervous (plural).
- Ocultar - To hide.
- Pasado - Past.
- Protegerse - To protect oneself.
- Regresar - To return.
- Reservas - Reservations, hesitations.
- Ruinas - Ruins.
- Símbolos - Symbols.

El Pasaje Subterráneo

Los campistas encuentran una entrada secreta entre las ruinas. "Mira esto," dice Carlos, señalando al suelo.

Es un hueco oscuro que desciende hacia abajo. "¿Entramos?" pregunta Ana, llena de curiosidad.

Todos se miran entre sí. "Podría ser peligroso," advierte Marta.

Pero Luis interviene, "¡Vamos! Podría ser una gran aventura."

Se equipan con linternas y cuerdas. "Estoy listo," afirma Carlos.

Todos sienten nervios, pero también una gran emoción.

"Estoy un poco asustado," admite Luis en voz baja.

Deciden adentrarse juntos, como un equipo.

Descienden lentamente por el pasaje oscuro. "Tengan cuidado," advierte Ana.

Las paredes del pasaje son húmedas y muy frías.

Comienzan a escuchar ruidos extraños. "¿Qué fue eso?" pregunta Marta alarmada.

Todos se detienen y escuchan atentamente. "No lo sé," responde Carlos con incertidumbre.

Continúan su camino, observando todo a su alrededor. "Este lugar es muy antiguo," comenta Ana.

La tensión aumenta entre ellos. Se sienten más unidos pero a la vez más asustados.

Tienen la sensación de que algo o alguien los observa desde la oscuridad.

El miedo crece en sus corazones. "Tenemos que mantenernos juntos," insiste Luis.

Avanzan por el pasaje subterráneo, sin saber qué hallarán adelante.

- Adentrarse - To go into, to enter.
- Adviente - Warns (from "advertir").
- Antiguo - Ancient.
- Asustado - Scared.
- Aumenta - Increases.
- Descienden - They descend.
- Emoción - Excitement.
- Equipan - They equip themselves.
- Húmedas - Humid, damp (feminine plural).
- Incertidumbre - Uncertainty.
- Linternas - Lanterns, flashlights.
- Nervios - Nerves.
- Observa - Observes (from "observar").
- Oscuridad - Darkness.
- Pasaje - Passage.
- Ruidos - Noises.
- Subterráneo - Underground.

Atrapados

Los amigos avanzan con cuidado por el pasaje subterráneo.

De repente, el pasaje detrás de ellos se cierra con un fuerte ruido.

Intentan mover la roca que bloquea el camino, pero es inamovible.

Todos se miran, comprendiendo la situación. Están atrapados.

"¿Y ahora qué hacemos?" pregunta Marta, intentando no entrar en pánico.

Respiran hondo, tratando de mantener la calma. "Debemos seguir adelante," sugiere Ana.

Continúan caminando, pero el aire se vuelve más pesado, más difícil de respirar.

Intentan mantener la calma y buscar una solución.

La única luz proviene de sus linternas, que apenas iluminan el camino oscuro.

Empiezan a sentir que no están solos. Algo o alguien parece estar presente con ellos.

Escuchan susurros indescifrables y pasos que se alejan.

El miedo crece en sus corazones con cada paso que dan.

Se sienten vigilados, como si algo los siguiera en la oscuridad.

Comienzan a percibir sombras que se mueven rápidamente por las paredes.

El terror los invade al darse cuenta de que algo está allí, en la oscuridad, con ellos.

- Aire - Air.
- Atrapados - Trapped.
- Bloquea - Blocks.
- Calma - Calm.
- Comprendiendo - Understanding.
- Indescifrables - Indecipherable.
- Inamovible - Immovable.
- Linternas - Lanterns, flashlights.
- Oscuro - Dark.
- Pánico - Panic.
- Pasaje - Passage.
- Pesado - Heavy.
- Presente - Present.

- Respirar - To breathe.
- Seguir - To continue, to follow.
- Sombras - Shadows.
- Vigilados - Watched, monitored.

Sombras y Susurros

Los amigos avanzan temerosos en la oscuridad completa.

"¿Qué son esos sonidos?" susurra Ana, atenta a los susurros.

De repente, Carlos siente un frío intenso. "¡Algo me tocó!" exclama.

Las sombras se mueven rápidamente por las paredes. "¿Lo vieron?" pregunta Marta, aterrorizada.

Las linternas parpadean y algunas se apagan. "¡No puedo ver nada!" exclama Luis.

Todos se toman de las manos, decididos a no separarse en la oscuridad.

Escuchan risas extrañas. "Eso no parece humano," murmura Ana, aterrada.

Los susurros se vuelven más intensos, pronunciando sus nombres. "¿Cómo saben nuestros nombres?" grita Marta.

Ven en las paredes dibujos que les ponen la piel de gallina.

De repente, sienten una fuerza invisible que los empuja.

"¡Carlos!" gritan. Pero no hay respuesta. Carlos ha desaparecido.

"¡Carlos, dónde estás!" gritan, pero solo responde el eco.

La oscuridad se vuelve más densa, como si estuvieran dentro de una enorme boca.

Sienten que algo, o alguien, los persigue, jugando con ellos.

Empiezan a correr, buscando desesperadamente algún rayo de luz o una salida.

El pasaje parece no tener fin, y el miedo los domina por completo.

- Atenta - Attentive.
- Aterrorizada - Terrified (feminine).
- Completa - Complete.
- Decididos - Determined (plural).
- Desaparecido - Disappeared.
- Dibujos - Drawings.
- Empujan - They push.
- Frío - Cold.
- Gallina - Chicken (used in the phrase "piel de gallina" which means goosebumps).
- Intensos - Intense (plural).
- Oscuridad - Darkness.
- Parpadean - They flicker.
- Piel - Skin.
- Risas - Laughs.
- Sombras - Shadows.
- Susurros - Whispers.
- Temerosos - Fearful (plural).

El Laberinto

Ahora se encuentran en un laberinto de caminos.

"¿Por dónde vamos?" pregunta Luis. No hay una respuesta clara.

Empiezan a discutir, el miedo hace que sospechen unos de otros.

El miedo aumenta. "¡Cálmense!" grita Ana, pero el temor es abrumador.

Oyen pasos detrás de ellos. Algo, o alguien, los sigue.

Deciden separarse, cada uno toma un camino diferente.

Solos en la oscuridad, enfrentan sus miedos más profundos.

Ana vislumbra algo: una sombra, una pesadilla de su infancia.

Se sienten completamente perdidos, sin luz, sin salida.

Uno tras otro, algo se los lleva. Los amigos desaparecen.

Los gritos llenan el laberinto. Los ecos hacen los gritos aún más aterradores.

Solo quedan Ana y Luis. "¿Dónde están los demás?" sollozan.

Intentan encontrarse, pero los caminos son enredados y oscuros.

La oscuridad se intensifica, como si tuviera vida propia.

Presienten que algo terrible está por suceder. "Tenemos que encontrar la salida," dice Ana, pero ambos sienten que el final está cerca.

- Abrumador - Overwhelming.
- Caminos - Paths.
- Discutir - To argue.
- Enfrentan - They face.
- Enredados - Entangled.
- Intensifica - Intensifies.
- Laberinto - Labyrinth, maze.
- Oscuridad - Darkness.
- Pasos - Steps.
- Pesadilla - Nightmare.
- Presienten - They sense, they have a premonition.
- Profundos - Deep.
- Separarse - To separate.
- Sollozan - They sob.
- Sospechan - They suspect.
- Vislumbra - She glimpses.

Encuentro con el Terror

Ana y Luis finalmente se encuentran en el laberinto. "¡Ana! ¡Luis!" se llaman uno al otro.

Corren el uno hacia el otro y se abrazan fuertemente, derramando muchas lágrimas.

"Tenemos que ser fuertes," dice Ana con voz temblorosa.

Llegan a una sala grande. En las paredes hay dibujos de rituales.

"Algo malo pasó aquí," comenta Luis, examinando los dibujos.

De repente, escuchan una risa fría y oscura que se acerca hacia ellos.

La sombra que los ha estado siguiendo se manifiesta. Es grande y oscura.

No logran describir lo que ven; parece un monstruo sacado de sus peores pesadillas.

"¡Corre!" grita Ana, aunque saben que la huida es inútil.

El monstruo juega con ellos, como si fueran un gato y un ratón.

Recuerdan a sus familias, a sus amigos, los buenos momentos vividos.

Luis mira a Ana. "Lo siento por todo," dice entre lágrimas.

Ana asiente. "Yo también, amigo. Te quiero mucho," responde, con tristeza.

El monstruo avanza hacia ellos con un rugido aterrador.

El último grito de Ana y Luis resuena en el pasaje oscuro y se pierde en el vacío.

- Abrazan - They hug.
- Acercarse - To approach.
- Aterrador - Terrifying.
- Derramando - Spilling.
- Describir - To describe.
- Dibujos - Drawings.
- Fría - Cold (feminine).
- Fuertes - Strong.
- Inútil - Useless.

- Laberinto - Labyrinth.
- Manifiesta - It manifests.
- Monstruo - Monster.
- Oscura - Dark (feminine).
- Pasó - Happened (from "pasar").
- Rituales - Rituals.
- Sombra - Shadow.
- Temblorosa - Trembling (feminine).

El Despertar del Desierto

Llegada al desierto

Un grupo de arqueólogos llega al desierto. El sol es intenso y la arena, muy caliente.

"¡Qué calor!" comenta Luis, uno de los arqueólogos.

Ana, la líder del grupo, responde, "Es el desierto. Vamos a instalar las carpas."

Todos colaboran y montan sus carpas rápidamente. Luego, beben mucha agua.

"Mañana empezaremos la búsqueda de la ciudad antigua," anuncia Ana.

"¿Crees que encontraremos algo especial?" pregunta María con curiosidad.

"Espero que sí," responde Ana, sonriendo con optimismo.

Al día siguiente, comienzan su búsqueda. Hallan piedras y cerámicas antiguas. La emoción se apodera de todos.

"¡Mira esto!" exclama Ana. Ha encontrado una gran piedra con símbolos misteriosos.

"¿Qué será esto?" pregunta Luis, intrigado.

"No estoy segura," admite Ana. "Pero definitivamente es algo muy interesante."

Deciden profundizar la excavación en ese sitio. Disponen de numerosas herramientas y mapas.

"Nos espera mucho trabajo," declara Ana con determinación.

Todos se preparan para una extensa jornada de excavación. Comienzan a cavar con cuidado. La aventura apenas está comenzando.

- Antiguas - Ancient (feminine plural).
- Apodera - Takes over.

- Arqueólogos - Archaeologists.
- Búsqueda - Search.
- Caliente - Hot.
- Carpas - Tents.
- Cavar - To dig.
- Cerámicas - Ceramics.
- Determinación - Determination.
- Emoción - Emotion.
- Encontraremos - We will find.
- Excavación - Excavation.
- Hallan - They find.
- Instalar - To install, to set up.
- Intrigado - Intrigued.
- Jornada - Workday, journey.
- Símbolos - Symbols.

Descubrimientos misteriosos

Los arqueólogos excavan en la arena bajo un sol intenso. Es un día largo y extremadamente caluroso.

"¡Mira esto!" exclama Juan, señalando algo en la arena.

Son figuras peculiares: criaturas con alas y rostros humanos.

"¿Qué son estas figuras?" pregunta María, visiblemente inquieta.

"No lo sé," responde Ana, "pero son muy antiguas."

El ambiente del lugar es inusualmente silencioso; ni los pájaros se atreven a cantar aquí.

"Es muy silencioso," comenta Luis.

Descubren un texto antiguo, deteriorado por el tiempo, ilegible para todos.

"Es un idioma desconocido," determina Ana tras examinarlo.

La noche cae, trayendo consigo un descenso en la temperatura.

Sentados alrededor de la fogata, los arqueólogos discuten sus hallazgos.

"Estos descubrimientos son un verdadero enigma," reflexiona Ana.

"Sí," agrega Juan, "y hay algo inquietante en este lugar."

De repente, escuchan ruidos provenientes de la oscuridad.

"¿Qué es eso?" inquiere María, alarmada.

Todos se quedan mirando a su alrededor. Notan sombras que se desplazan entre la penumbra.

"Quizás solo sean animales," sugiere Luis, aunque su voz delata miedo.

El grupo se siente nervioso y decide que es mejor intentar dormir.

"Buena noche," les desea Ana, pero el descanso es inquieto para todos.

La luna se alza, grande y luminosa, sobre el desierto, mientras algo desconocido se agita en la oscuridad.

- Antiguas - Ancient (feminine plural).
- Caluroso - Hot.
- Criaturas - Creatures.
- Descenso - Decrease.
- Descubrimientos - Discoveries.
- Deteriorado - Deteriorated.
- Enigma - Enigma, puzzle.
- Figuras - Figures.
- Fogata - Campfire.
- Hallazgos - Findings.
- Inquieta - Restless, uneasy.
- Inquietante - Disturbing.
- Ilegible - Illegible.
- Penumbra - Twilight, semi-darkness.

- Peculiares - Peculiar.
- Silencioso - Silent.
- Textos - Texts.

El pozo sellado

Es una nueva mañana en el desierto y el sol ya calienta la arena.

"Hay un pozo aquí," señala Luis al suelo.

El pozo está sellado con una gran tapa de piedra.

"Debemos abrirlo," decide Ana con firmeza.

Utilizan sus herramientas para mover la pesada tapa. Requiere mucho esfuerzo, pero finalmente logran abrirlo.

Cuando retiran la tapa, emana un olor extraño.

"¿Qué es eso?" pregunta María, cubriéndose la nariz.

"No estoy segura, pero mira," señala Ana hacia el interior del pozo. "Hay escaleras."

Ana mira a sus compañeros. "Yo bajaré primero."

Con valentía, desciende lentamente las escaleras antiguas que conducen a un lugar oscuro.

Los demás la siguen. Al final de las escaleras, descubren una gran cámara subterránea.

En las paredes hay pinturas de criaturas imponentes y aterradoras.

"Estas criaturas... parecen monstruos," comenta Juan, asustado.

Ana saca su cámara y comienza a fotografiar. Es crucial documentar todo.

En la cámara también hay restos de grandes huesos.

"¿Quiénes eran estos seres?" pregunta María, examinando los huesos.

Todos perciben una atmósfera sombría en la habitación.

"Algo está mal aquí," opina Luis.

De repente, oyen un susurro, aunque no hay nadie más con ellos.

"¿Oísteis eso?" pregunta Ana. Todos confirman con un gesto.

Dominados por el miedo, deciden que es momento de marcharse.

Ascienden las escaleras rápidamente y vuelven a colocar la tapa sobre el pozo.

"Tenemos que sellarlo correctamente," insiste Ana. "Nunca debe ser abierto de nuevo."

A pesar de que el sol brilla intensamente, todos sienten un escalofrío. Este lugar oculta secretos oscuros.

- Antiguas - Ancient (feminine plural).
- Atmósfera - Atmosphere.
- Cámara - Chamber.
- Criaturas - Creatures.
- Desciende - Descends.
- Emana - Emanates.
- Escaleras - Stairs.
- Firmeza - Firmness.
- Fotografiar - To photograph.
- Huesos - Bones.
- Imponentes - Imposing.
- Marcharse - To leave.
- Monstruos - Monsters.
- Olor - Smell.
- Pinturas - Paintings.
- Sellado - Sealed.
- Subterránea - Underground.

Noche de tormenta

La noche en el desierto trae consigo una poderosa tormenta de arena.

"¡Mira! El viento es muy fuerte," señala Luis mientras observa desde dentro de la carpa.

Las carpas se sacuden violentamente con el viento. Todos los arqueólogos permanecen dentro, buscando refugio.

De repente, escuchan gritos que no parecen humanos.

"¿Qué es eso?" pregunta María, asustada.

Algo golpea las carpas fuertemente. ¡Pum! ¡Pum!

"¡Hay algo afuera!" grita Juan.

La electricidad se corta. Todo queda a oscuras. Solo cuentan con sus linternas.

Encienden las linternas y observan nuevamente las figuras aladas de antes. Bajo la luz de las linternas, las figuras parecen cobrar vida.

"Esto es imposible," murmura Ana, igualmente aterrada.

De repente, notan que la tapa del pozo está abierta. Ha sido levantada por el viento.

"Tenemos que cerrarlo," ordena Ana. "¡Ahora mismo!"

Se aventuran en la tormenta de arena. La visibilidad es reducida y es difícil respirar.

"¡Allí!" grita Luis, señalando hacia grandes sombras en la arena.

Corren hacia el pozo, luchando contra la fuerza del viento.

Sienten que algo los persigue. Lo sienten, pero no se atreven a mirar atrás.

Alcanzan el pozo y, con un gran esfuerzo, reponen la tapa.

"¡Rápido, ayúdenme!" clama Ana.

Entre todos, consiguen sellar el pozo de nuevo. El viento y la arena quedan fuera.

Regresan a las carpas, exhaustos pero a salvo.

La tormenta continúa rugiendo en el exterior, pero ellos se sienten protegidos dentro. Sin embargo, una pregunta ronda sus mentes: "¿Qué era aquello en la tormenta?"

- Aterrada - Terrified.
- Carpa - Tent.
- Cerrarlo - To close it.
- Consiguen - They manage.
- Cortarse - To cut off.
- Electricidad - Electricity.
- Figuras - Figures.
- Golpea - Hits.
- Linternas - Lanterns.
- Murmura - Murmurs.
- Persigue - Pursues.
- Protegidos - Protected.
- Refugio - Shelter.
- Sacuden - Shake.
- Sombras - Shadows.
- Tormenta - Storm.
- Visibilidad - Visibility.

El mensaje antiguo

Es un nuevo día en el desierto. A pesar del intenso sol, los arqueólogos están muy preocupados.

"Tenemos que descifrar este texto antiguo," declara Ana con seriedad.

Juntos, utilizan sus libros para intentar traducirlo, examinando cuidadosamente cada palabra.

El texto menciona unas criaturas denominadas Nefilim.

"Dicen que están selladas bajo la tierra," interpreta Juan.

Además, describe un ritual para mantenerlas confinadas.

"Esto es grave," comenta Luis. La preocupación es palpable entre todos.

Ana toma una decisión firme: "No podemos permanecer aquí. Es demasiado peligroso."

Todos concuerdan y comienzan a empacar sus pertenencias con rapidez.

Pero entonces ocurre algo extraño: sienten la presencia de algo o alguien observándolos.

Se dirigen a sus vehículos para marcharse, pero descubren que están averiados.

"¿Qué vamos a hacer ahora?" pregunta María, angustiada.

Además, descubren que sus teléfonos no funcionan. Están completamente aislados.

De repente, oyen gritos distantes, un sonido aterrador.

Observan algo grande moviéndose bajo la arena, cerca del pozo.

"Tenemos que irnos ahora mismo," insiste Ana. "Incluso si tenemos que hacerlo a pie."

A pesar del miedo, todos comprenden que Ana tiene razón.

Inician la marcha a través del desierto en busca de auxilio.

Pero al alejarse, ven algo emergiendo del pozo. No se atreven a mirar atrás. Continúan avanzando, con la esperanza de encontrar a alguien que pueda ayudarlos.

- Angustiada - Distressed.
- Averiados - Damaged, broken down.
- Confina - Confines.
- Criaturas - Creatures.
- Descifrar - To decipher.
- Emergiendo - Emerging.
- Intenso - Intense.

- Marcha - March, walk.
- Menciona - Mentions.
- Nefilim - Nephilim (a mythical or ancient term not related to common vocabulary).
- Observándolos - Watching them.
- Palpable - Palpable, noticeable.
- Permanecer - To remain.
- Preocupados - Worried.
- Selladas - Sealed.
- Traducirlo - To translate it.

La persecución

Los arqueólogos avanzan rápidamente por el desierto bajo un sol abrasador.

"Algo nos sigue," señala María, mirando hacia atrás.

Todos están asustados al ver sombras que se desplazan entre las dunas.

"Debemos seguir adelante," insiste Ana. "No podemos detenernos."

Se turnan para llevar el agua, que es pesada pero esencial para su supervivencia.

Mientras avanzan, descubren restos de animales: solo quedan huesos y restos de carne.

"Esto no augura nada bueno," comenta Juan preocupado. "Algo grande se ha alimentado de estos animales."

Escuchan pasos pesados detrás de ellos; son grandes y profundos.

"¡Corran!" exclama Luis.

Huyen desesperadamente mientras el sonido de los pasos sigue acercándose.

Al alcanzar una colina, se detienen para mirar atrás.

Observan una enorme criatura alada, imponente y oscura.

"Es como las criaturas que describía el texto del pozo," dice Ana, agitada.

Los arqueólogos están aterrorizados, nunca han visto un ser así.

"Debemos escondernos," sugiere Ana rápidamente.

Hallan unas grandes rocas y se ocultan detrás de ellas, permaneciendo inmóviles y en silencio.

La criatura pasa volando cerca, su sombra oscurece el sol momentáneamente.

"Es gigantesca," murmura María entre susurros.

La criatura continúa su vuelo sin notarlos y se aleja.

Los arqueólogos esperan un tiempo antes de dejar su refugio.

"Debemos seguir, pero con mucha precaución," decide Ana.

Retoman la marcha, vigilantes del cielo y atentos a cualquier ruido del desierto, decididos a evitar un nuevo encuentro con la criatura.

- Abrumador - Overwhelming.
- Alimentado - Fed.
- Asustados - Frightened.
- Augura - Bodes, foretells.
- Colina - Hill.
- Criatura - Creature.
- Desesperadamente - Desperately.
- Desplazan - They move.
- Dunas - Dunes.
- Escondernos - To hide (ourselves).
- Gigantesca - Gigantic.
- Imponente - Imposing.
- Inmóviles - Motionless.
- Persecución - Pursuit, chase.
- Restos - Remains.
- Supervivencia - Survival.

- Vigilantes - Watchful.

La cueva

Los arqueólogos continúan su marcha bajo el ardiente sol del desierto. De repente, se topan con una cueva.

"Podemos refugiarnos aquí," sugiere Ana, apuntando hacia la sombría entrada.

La cueva es espaciosa y oscura, y el interior es sorprendentemente frío.

Se ocultan en su interior y permanecen en silencio, escuchando. La criatura parece merodear afuera, buscando algo.

"Parece que está buscando," susurra Luis cuidadosamente.

Al explorar la cueva, descubren antiguas pinturas en las paredes que representan a personas combatiendo contra enormes criaturas.

"Esto refleja nuestra situación actual," observa María, señalando las imágenes.

Ana recuerda el texto antiguo que mencionaba un amuleto capaz de controlar estas criaturas.

"Tenemos que encontrar ese amuleto," declara con determinación.

Revuelven la cueva y, detrás de una gran roca, encuentran un amuleto de oro incrustado con piedras preciosas.

"Es magnífico," admira Juan, mientras todos sienten una energía emanan del amuleto.

De pronto, un ruido los alerta. La criatura ha ingresado a la cueva.

Todos buscan donde esconderse, excepto Ana, que se mantiene firme, sosteniendo el amuleto en alto.

La criatura se aproxima, imponente, con sus ojos resplandecientes.

Ana alza con firmeza el amuleto. "¡Detente!" grita con valentía.

La criatura se detiene en seco, fijando su mirada en el amuleto.

Un silencio sepulcral invade la cueva. Después de un tenso momento, la criatura se gira y abandona la cueva.

Los arqueólogos permanecen mudos, sobrecogidos pero aliviados. Ana aún sostiene el amuleto, notando cómo su mano tiembla. Acaban de vivir un momento increíble.

* Amuleto - Amulet.
* Antiguas - Ancient.
* Aproxima - Approaches.
* Ardiente - Burning.
* Combatiendo - Fighting.
* Cueva - Cave.
* Determinación - Determination.
* Emana - Emits, emanates.
* Espaciosa - Spacious.
* Incrustado - Encrusted.
* Merodear - To prowl.
* Pinturas - Paintings.
* Preciosas - Precious.
* Refugiarnos - To take refuge (ourselves).
* Resplandecientes - Resplendent.
* Sepulcral - Grave, deathly.
* Sobrecogidos - Overwhelmed.

El enfrentamiento final

Tras la salida de la criatura de la cueva, Ana comienza a pronunciar palabras del texto antiguo.

"Vuelve a tu origen," ordena con determinación.

La criatura se detiene y se inclina ante ella en un gesto de sumisión. Es un momento sobrecogedor.

"¿Qué está ocurriendo?" susurra María, perpleja.

"Ana la está controlando," explica Luis, igualmente asombrado.

Ana prosigue: "Regresa al pozo. ¡Ahora!"

La criatura acata sus órdenes y se dirige lentamente hacia el pozo. Los arqueólogos la siguen, manteniendo una distancia prudente.

Al llegar al pozo, la criatura mira una última vez a Ana antes de sumergirse en las sombras y desaparecer.

Ana avanza y levanta el amuleto sobre el pozo declarando, "Que este lugar quede sellado para siempre," con una voz que resuena con autoridad.

El suelo tiembla y el pozo se cierra, atrapando a la criatura en su interior.

Los arqueólogos se intercambian miradas de incredulidad, aún procesando los acontecimientos. Pero sienten alivio y gratitud por su seguridad. Se funden en un abrazo colectivo, agradecidos de seguir con vida.

En ese momento, divisan vehículos de rescate acercándose. "¡Estamos aquí!" exclaman, mientras los equipos de rescate se apresuran hacia ellos.

Son rescatados y transportados a un lugar seguro. Durante el trayecto, comparten su extraordinaria experiencia.

Sin embargo, al concluir su relato, muchos muestran escepticismo. La historia parece demasiado fantástica para ser verdadera.

Ana contempla el amuleto en su mano y reflexiona, "Tal vez sea mejor así."

Eligen mantener en secreto la existencia del amuleto y las criaturas. Algunos misterios son demasiado profundos para ser revelados.

Pero ellos conocen la verdad, y eso les basta. El desierto esconde numerosos secretos, y ellos han sobrevivido a uno de sus más oscuros misterios.

- Abrazo - Hug.
- Acatar - To obey, to comply with.
- Autoridad - Authority.
- Criatura - Creature.
- Desaparecer - To disappear.
- Escepticismo - Skepticism.
- Incredulidad - Disbelief.
- Interiores - Inside, interiors.
- Miradas - Looks, glances.
- Origen - Origin.
- Perpleja - Perplexed.
- Prudente - Prudent.
- Rescate - Rescue.
- Sellado - Sealed.
- Sobrecogedor - Overwhelming.
- Sumergirse - To submerge.
- Sumisión - Submission.

Susurros en la Oscuridad

El Descubrimiento

En la vasta y silente oscuridad del espacio, Ana, Luis y Carlos flotaban dentro de su nave, contemplando las distantes estrellas. De repente, Ana apuntó a través de la ventana.

"¿Qué es eso?" preguntó, fijando su mirada en un objeto que resaltaba contra la negrura del espacio.

Luis se acercó, entrecerrando los ojos. "Parece una nave... pero es diferente a cualquier cosa que hayamos visto antes. Parece antigua."

Carlos, el más aventurero de los tres, propuso con una mezcla de temor y excitación: "¿Nos acercamos a investigar?"

Sin mediar palabra, se prepararon, vistiendo sus trajes espaciales con movimientos prácticos pero llenos de cautela. La misteriosa nave los llamaba, un enigma suspendido en la inmensidad del vacío.

Se aproximaron a la nave antigua, cuyas enormes dimensiones se hacían más evidentes con cada momento. Estaba envuelta en sombras y emanaba un aire de desolación.

"Es enorme..." murmuró Ana, su voz reducida a un susurro en la comunicación por radio.

"Y muy oscura," agregó Luis, iluminando la estructura con su linterna. "Parece deshabitada."

Sin embargo, el silencio y la oscuridad no mermaron su curiosidad. Guiados por una voluntad firme, continuaron adelante.

Carlos fue el primero en observar las desconocidas huellas que marcaban el polvo en la entrada. "Alguien o algo estuvo aquí antes que nosotros," comentó, la inquietud perceptible en su voz.

Las luces de sus equipos parpadeaban erráticamente, sumergiendo la nave en breves lapsos de total oscuridad. El silencio era abrumador, tan denso que casi podían sentirlo comprimiendo sus trajes espaciales.

"Esta nave es muy distinta a la nuestra," comentó Ana en voz baja, mirando los corredores extranjeros que se desplegaban frente a ellos.

Carlos asintió, pero antes de que pudiera hablar, Luis los interrumpió. "Tengo la sensación de que algo nos observa."

Los tres se detuvieron, el sonido de sus respiraciones pesadas era lo único que quebraba el silencio. Ante ellos, una puerta cerrada ocultaba más misterios.

"¿Entramos?" preguntó Luis, aunque la decisión ya estaba tomada.

Con una valentía que apenas sentían, optaron por abrir la puerta y adentrarse. Lo que encontrarían, ninguno podía prever. Pero cada paso los sumergía más en el corazón de la nave y los acercaba a los secretos que esta escondía en su oscuro interior.

- Abismal - Abyssal, profound.
- Cautela - Caution.
- Desolación - Desolation.
- Deshabitada - Uninhabited.
- Entrecerrando - Squinting.
- Erráticamente - Erratically.
- Espaciales - Space (as in space suits).
- Flotaban - They were floating.
- Huellas - Footprints, traces.
- Inmensidad - Immensity.
- Linterna - Flashlight.
- Misteriosa - Mysterious.
- Negrura - Blackness.
- Oscuridad - Darkness.
- Parpadeaban - They were flickering.
- Silente - Silent.
- Valentía - Bravery.

La Investigación

Los corredores de la nave alienígena se desplegaban ante Ana, Luis y Carlos como laberintos de metal y sombras. Avanzaban juntos, iluminando el camino con las luces de sus trajes espaciales.

"¿Qué es todo esto?" murmuró Ana, apuntando hacia la extraña tecnología que adornaba las paredes, iluminada por luces desconocidas.

"No estoy seguro, pero parece deshabitado," respondió Luis, observando el entorno en busca de algún indicio de vida.

De repente, se activó un mapa estelar en una de las paredes, mostrando constelaciones desconocidas. Carlos se acercó, cautivado.

"Esto es completamente distinto a cualquier cosa que hayamos registrado antes," comentó, deslizando su mano sobre las imágenes luminosas.

En ese momento, un sonido desconocido interrumpió el silencio, un eco lejano que se propagaba por los corredores desiertos. Los tres se detuvieron, aguzando el oído.

"¿Deberíamos contactar a la base?" propuso Ana, pero se dieron cuenta de que la señal de comunicación se había perdido.

Guiados por un presentimiento, encontraron una sala de control con paneles que parpadeaban de forma errática, como si la propia nave tratara de establecer contacto con ellos.

"Vamos a intentar descifrar esto," sugirió Luis, pero antes de que pudieran hacer algún progreso, las luces comenzaron a titilar, apagándose y encendiéndose, dejándolos en oscuridad total por momentos.

En su exploración, toparon con restos de lo que parecía comida alienígena, una sustancia viscosa de colores inusuales. De repente, el ambiente cambió, y Carlos arrugó el ceño.

"¿Lo sintieron? Algo se desplazó," susurró.

Acto seguido, sintieron una oleada de frío, y la temperatura cayó significativamente. En su búsqueda de respuestas, descubrieron un laboratorio oculto repleto de frascos que contenían formas de vida alienígenas desconocidas y perturbadoras.

"¿Qué es todo esto?" preguntó Ana, su voz un susurro, observando a los inquietantes especímenes flotando en sus recipientes de vidrio.

El profundo silencio que los envolvió a continuación solo era interrumpido por el misterioso sonido que los había guiado hasta allí. Se miraron entre sí, debatiendo si deberían proseguir con la exploración o buscar una salida de la inquietante nave alienígena.

- Alienígena - Alien.
- Cautivado - Captivated.
- Constelaciones - Constellations.
- Desiertos - Deserted.
- Desplazó - Moved.
- Distinto - Different.
- Errática - Erratic.
- Frascos - Jars.
- Inusuales - Unusual.
- Laberintos - Labyrinths.
- Oleada - Wave, surge.
- Parpadeaban - Were flickering.
- Presentimiento - Premonition.
- Propagaba - Was spreading.
- Recipientes - Containers.
- Sustancia - Substance.
- Viscosa - Viscous.

Los Primeros Sustos

Ana, Luis y Carlos continúan su exploración dentro de la misteriosa nave alienígena. El ambiente es frío y los pasillos, oscuros.

De repente, Ana siente algo rozar su mano. "¡Ay!" exclama, retirándola de inmediato.

"¿Qué pasó?" pregunta Luis, preocupado.

"Algo me tocó," responde Ana, observando a su alrededor con inquietud.

Los tres escuchan un grito lejano, un sonido extraño y aterrador.

"¿Escucharon eso?" pregunta Carlos, mirando a los otros con miedo.

"Vamos," insta Luis, "debemos continuar."

Avanzan más rápido, pero una puerta se cierra de golpe frente a ellos.

"¡Esto es increíble!" exclama Ana, sorprendida.

Prosiguen y perciben sombras que se mueven: son grandes y oscuras.

"¿Qué son esas cosas?" pregunta Carlos, reticente a seguir, pero sin otra opción.

Encuentran un diario escrito en un idioma desconocido.

"Qué extraño," comenta Luis, "todo aquí es un enigma."

De repente, la nave comienza a moverse, haciendo que todos se agarren de lo que puedan para no caerse.

"Esto no es normal," dice Ana, alarmada, "algo está ocurriendo aquí."

Sienten una presencia, algo hostil, que les hace sentir no bienvenidos.

La luz empieza a parpadear intermitentemente, complicando la visibilidad.

Hallan ropa en el suelo con manchas inusuales.

"Esto es aterrador," confiesa Carlos.

Luego, ven una herramienta que flota en el aire, moviéndose por sí sola.

"Hace mucho frío aquí," comenta Ana, abrazándose a sí misma por el frío.

En las pantallas aparecen mensajes en un idioma alienígena, incomprensibles, pero que sugieren que algo o alguien desea comunicarse.

De repente, todas las puertas se bloquean, impidiendo su apertura.

"Estamos atrapados," dice Luis con preocupación.

Los equipos comienzan a fallar; nada funciona como debería.

Entonces, escuchan susurros que parecen emanar de todas partes.

"¿Quién está ahí?" pregunta Carlos, pero no hay respuesta.

El miedo se intensifica entre ellos mientras se preguntan qué horrores les aguardan en la oscuridad de la nave alienígena.

- Agarran - They grab.
- Alienígena - Alien.
- Aterrador - Terrifying.
- Bloquean - They lock.
- Comunicarse - To communicate.
- Desconocido - Unknown.
- Diario - Diary.
- Enigma - Enigma, mystery.
- Hostil - Hostile.
- Incomprensibles - Incomprehensible.
- Inusuales - Unusual.
- Manchas - Stains.
- Parpadear - To flicker.
- Perciben - They perceive.
- Reticente - Reluctant.
- Rozar - To brush, to touch lightly.
- Susurros - Whispers.

La Separación

Ana, Luis y Carlos se detienen en una encrucijada dentro de la nave alienígena. Las paredes metálicas se alzan sobre ellos, frías y amenazantes.

"Creo que deberíamos separarnos," sugiere Luis con cautela. "Así podremos encontrar salidas más rápidamente."

Ana asiente, aunque se siente asustada. "De acuerdo, pero tengamos cuidado."

"Nos reunimos aquí en treinta minutos," propone Carlos, tratando de mantenerse valiente.

Cada uno toma un camino distinto, adentrándose en la oscuridad de la nave. La comunicación entre ellos pronto se pierde, dejándolos en completo aislamiento.

Ana avanza lentamente, su linterna iluminando su trayecto. Descubre una cámara de criogenización con figuras en su interior, aunque no logra discernir si están vivas.

Por otro lado, Luis oye pasos detrás de sí. Se gira, pero solo alcanza a ver una sombra que rápidamente se esfuma. "¿Quién está ahí?" interroga al vacío, sin obtener respuesta.

Carlos presiente que algo lo sigue. El miedo lo rodea a medida que avanza, encontrando en las paredes marcas de una lucha: arañazos y manchas de origen desconocido.

De repente, las luces se extinguen, sumiendo a los tres en una profunda oscuridad. Ana, Luis y Carlos se detienen, sintiendo cómo sus corazones laten aceleradamente.

"Ana... Luis... Carlos..." escuchan sus propios nombres susurrados en la oscuridad, proviniendo de diferentes direcciones. El terror crece dentro de ellos.

Carlos tropieza en un área llena de marcas inusuales en el suelo, sintiendo un dolor agudo y repentino en su pie.

Ana siente la presencia de algo o alguien que la observa desde las sombras. Busca alrededor, pero la oscuridad es total. "¿Hay alguien ahí?" pregunta, su voz temblorosa.

Luis intenta regresar, pero los pasillos le parecen idénticos, y se
siente cada vez más perdido y desesperado.

El aire se densifica, dificultando la respiración. Los tres luchan
por mantenerse serenos, pero el pánico los acecha.

A lo lejos, alguien llora. No pueden determinar si el sonido
proviene de uno de ellos o de otra entidad. La sensación de
aislamiento y vigilancia dentro de la vasta nave alienígena es
abrumadora, mientras el tiempo para su reunión se desvanece.

- Alienígena - Alien
- Amenazantes - Threatening
- Arañazos - Scratches
- Criogenización - Cryogenization
- Desvanece - Fades
- Encrucijada - Crossroads
- Entidad - Entity
- Esfuma - Vanishes
- Idénticos - Identical
- Inusuales - Unusual
- Luchan - Struggle
- Marca - Marks
- Oscuridad - Darkness
- Perciben - Perceive
- Susurrado - Whispered
- Terror - Terror
- Vigilancia - Surveillance

La Caza

Ana, Luis y Carlos finalmente se reencuentran en la encrucijada,
jadeantes y temblando. El miedo es evidente en sus ojos.

"Algo nos está cazando," susurra Luis, intercambiando miradas
con los demás. "Nos persigue."

"Sí," confirma Ana. "Debemos permanecer juntos y encontrar un refugio seguro."

Se lanzan a correr por los oscuros pasillos de la nave, oyendo no solo el eco de sus pasos sino también algo más... algo veloz que los sigue de cerca.

Logran ocultarse en una pequeña habitación. Apagan sus luces y permanecen en silencio, atentos a los pasos que se aproximan y finalmente se alejan.

"Creo que ya se fue," susurra Carlos, justo cuando una luz intensa y cegadora los envuelve.

Entre gritos, corren desesperadamente por los pasillos, hasta que la luz finalmente se extingue detrás de ellos. Están exhaustos pero a salvo por ahora.

Explorando la nave, descubren un almacén lleno de armas alienígenas. "Podemos usar estas para defendernos," propone Luis, examinando una de las armas.

"Debemos ser cautelosos," advierte Ana. "Desconocemos su funcionamiento."

De repente, se percatan de que Carlos ha desaparecido. "¿Carlos? ¿Carlos!" lo llaman, pero sin obtener respuesta.

Angustiados, inician su búsqueda, siguiendo los corredores y llamando su nombre. Hallan rastros de sangre que los conducen a un sombrío pasillo.

"¿Qué nos está atacando?" Ana está al límite, la voz quebrada por la desesperación.

Entonces, una voz fría y desalmada resuena en sus mentes, instándolos a rendirse, afirmando que la huida es inútil.

Se detienen, paralizados por el terror, al ver frente a ellos una figura alta y oscura: la criatura que los ha estado acechando, aún más aterradora de lo imaginado.

"¿Qué hacemos?" tartamudea Luis, aferrándose a la extraña arma con manos temblorosas.

Ana y Luis se intercambian una mirada de determinación,
dándose cuenta de que su lucha por sobrevivir apenas comienza.
Sin rastro de Carlos y con el ente acechando, deben hallar la
fortaleza para combatir o resignarse a su ineludible destino en esta
nave llena de horrores.

* Acechando - Stalking
* Almacén - Warehouse
* Armas - Weapons
* Cautelosos - Cautious
* Criatura - Creature
* Desalmada - Soulless
* Desaparecido - Missing
* Desesperación - Despair
* Ente - Entity
* Fortaleza - Strength
* Ineludible - Unavoidable
* Jadeantes - Panting
* Permanecer - To stay
* Persigue - Pursues
* Rastros - Traces
* Rendirse - To surrender
* Tartamudea - Stutters

Revelaciones

En la gélida oscuridad de la nave, Ana, Luis y Carlos se ocultan
detrás de unos contenedores metálicos, sintiendo sus corazones
latir aceleradamente por el miedo y la ansiedad.

"Chicos, he encontrado algo," susurra Ana, apuntando hacia una
antigua consola cubierta de polvo.

Luis se acerca, limpia la pantalla y revela el origen de la nave:
es una prisión intergaláctica que fue abandonada hace años.

"Esto... esto explica muchas cosas," comenta Carlos, leyendo
sobre la peligrosa especie alienígena que estaba encerrada aquí.

Entre los documentos hallan un mensaje de advertencia: "No liberen a los prisioneros. Peligro extremo." Ana siente un escalofrío recorrerle la espalda.

"Es una trampa," murmura Luis. "Nos atrajeron aquí."

Luego descubren algo en los mapas de la nave: una posible salida. "Podemos intentar escapar por esa escotilla de emergencia," sugiere Carlos, apuntando hacia la pantalla.

Rápidamente elaboran un plan de escape, recogiendo todas las herramientas que pudieran serles útiles. Son conscientes de que el tiempo apremia y que la criatura que los persigue podría aparecer en cualquier momento.

De repente, la atmósfera se carga de una presencia maligna. La criatura ha dado con ellos, su oscura silueta bloqueando el único camino hacia la libertad.

En un momento de desesperación, Carlos tropieza con un objeto misterioso, al parecer, un arma alienígena antigua. "¡Usa esto, Ana!" exclama, arrojándoselo.

Con manos temblorosas, Ana apunta el arma hacia la criatura y dispara. Un rayo de luz brillante impacta al monstruo, que se echa atrás herido.

"¡Ahora! ¡Corran!" Luis lidera la huida, dirigiendo a sus amigos a través de los laberínticos corredores de la nave.

Escuchan los rugidos de la criatura detrás de ellos, pero no se detienen. Con cada paso, se acercan más a la libertad, a la escotilla de emergencia que les ofrece una salida de la pesadilla.

Finalmente, la salida se vislumbra frente a ellos. Están a punto de alcanzarla. Con el último resquicio de energía, abren la puerta y se precipitan hacia la luminosa esperanza de escape.

- Aceleradamente - Rapidly
- Apremia - Urges
- Atrajeron - Attracted
- Contenedores - Containers

- Desesperación - Desperation
- Encerrada - Locked up
- Escalofrío - Shiver
- Escotilla - Hatch
- Gélida - Icy
- Intergaláctica - Intergalactic
- Laberínticos - Labyrinthine
- Latir - Beat
- Maligna - Evil
- Peligroso - Dangerous
- Prisioneros - Prisoners
- Rugidos - Roars
- Trampa - Trap

La Huida

Corriendo hacia la salida, Ana, Luis y Carlos se detienen abruptamente ante la escotilla, que está bloqueada por un gran obstáculo metálico.

"¡No puede ser!" exclama Ana, golpeando la puerta con frustración.

"Tenemos que buscar otra salida," declara Luis, observando alrededor con desesperación.

De repente, sienten la inminente presencia de la criatura, que se recupera y avanza rápidamente hacia ellos.

"Nos dividiremos para distraerla," sugiere Carlos con valentía. "¡Encuentren la cápsula de escape!"

Ana y Luis asienten, partiendo en direcciones opuestas, mientras Carlos enfrenta a la criatura para atraer su atención.

Poco después, Ana y Luis localizan una cápsula de escape. Sin embargo, al mirar atrás, ven que la criatura está apresando a Carlos.

"¡Carlos!" grita Ana, pero Luis la sujeta del brazo.

"¡Tenemos que irnos ahora o ninguno sobrevivirá!" insiste Luis, empujándola hacia la cápsula.

Con el corazón angustiado, se apresuran a entrar en la cápsula mientras la criatura intenta alcanzarlos. Luis localiza el panel de control y, con manos temblorosas, inicia el lanzamiento.

La criatura golpea con fuerza el exterior de la cápsula, tratando de abrirse paso. Pero con un fuerte zumbido, la cápsula se despega de la nave, dejando atrás al monstruo.

Dentro de la cápsula, Ana y Luis ven a la criatura gritando en la distancia, su aullido se pierde en el vasto espacio.

El alivio es efímero. La conexión con Carlos se pierde; su amigo y compañero queda atrás en la nave alienígena.

Con lágrimas en sus ojos, ven cómo la nave alienígena se aleja, una sombra oscura entre las estrellas. El silencio que comparten refleja el dolor y la pérdida que enfrentan, pero también la esperanza de regresar a casa.

- Abruptamente - Abruptly
- Alivio - Relief
- Angustiado - Distressed
- Apresando - Seizing
- Atraer - Attract
- Cápsula - Capsule
- Desesperación - Desperation
- Despega - Detaches
- Distráela - Distract her
- Efímero - Ephemeral
- Empujándola - Pushing her
- Encuentren - Find
- Inminente - Imminent
- Lanzamiento - Launch
- Obstáculo - Obstacle
- Sobrevivirá - Will survive
- Zumbido - Buzzing

El Final

La cápsula se distancia de la nave alienígena, dirigiéndose rápidamente hacia la Tierra. Ana y Luis, lastimados pero vivos, intercambian miradas de alivio y tristeza.

"Debemos contactar con la Tierra," propone Ana, intentando operar el comunicador.

Sin embargo, solo encuentran silencio; no hay respuesta.

De repente, Luis nota algo en el suelo de la cápsula. "¿Qué es esto?" pregunta, su voz teñida de pánico.

Ana observa y descubre algo alarmante: son huevos, pequeños y oscuros. "La criatura dejó huevos aquí," dice, aterrorizada.

Desesperados, tratan de destruir los huevos, aplastándolos con determinación. Sin embargo, uno se rompe prematuramente, liberando a una pequeña pero feroz criatura.

La criatura ataca a Luis, quien grita y lucha por liberarse. Ana, rápida, toma un objeto cercano y golpea a la criatura, salvando a Luis.

En la conmoción, los controles de la cápsula resultan dañados. La nave empieza a vibrar y pierde dirección. "¡No!" exclama Ana, al notar el panel destrozado. "¡Hemos perdido el control!"

La cápsula se dirige directamente hacia un campo de asteroides. Ana y Luis se miran, conscientes de sus escasas probabilidades de salir con vida.

Se abrazan fuertemente, cerrando los ojos mientras se aproximan a los asteroides, recordando la Tierra, sus seres queridos y momentos pasados, buscando consuelo mutuo.

Con un último aliento de esperanza, la cápsula colisiona con un asteroide. Y en ese instante, el silencio espacial lo consume todo, dejando detrás una historia de coraje, terror y sacrificio, flotando en la vastedad del cosmos.

- Alarmante - Alarming

- Aproximan - They approach
- Asteroides - Asteroids
- Cápsula - Capsule
- Comunicador - Communicator
- Conmoción - Commotion
- Consuelo - Comfort
- Destrozado - Destroyed
- Determinación - Determination
- Dirigiéndose - Heading
- Feroz - Fierce
- Huevos - Eggs
- Liberarse - To free oneself
- Prematuramente - Prematurely
- Probabilidades - Chances
- Sacrificio - Sacrifice
- Vibrar - To vibrate

Susurros entre las Sombras

El Bosque Oscuro

En un pequeño pueblo rodeado de densos bosques, tres figuras enigmáticas, conocidas solo como las brujas del bosque, viven ocultas entre las sombras. Este bosque, vasto y profundo, es el hogar de secretos que ningún habitante del pueblo se atreve a descubrir.

Muchas personas, atraídas por la belleza natural del bosque, se aventuran en él. Sin embargo, algunos nunca regresan, desapareciendo sin dejar rastro. Los rumores dicen que las brujas necesitan partes humanas para crear poderosas y oscuras pociones.

Nadie sabe con certeza qué ocurre en ese bosque, pero el miedo permea el aire. Los mismos animales del bosque evitan ciertas áreas, como si supieran de los horrores que allí residen.

El misterio de las desapariciones y la presencia de las brujas se ha convertido en un secreto oscuro que todos en el pueblo conocen pero del que nadie habla. Por la noche, desde el bosque, se pueden escuchar las frías y aterradoras canciones de las brujas, añadiendo terror a la oscuridad de la noche.

Un día, un joven llamado Tomás, ignorando las advertencias y los cuentos del pueblo, decide aventurarse en el bosque. Armado solo con su curiosidad, no se da cuenta del peligro que le espera.

Mientras se adentra más en el bosque, la luz del día comienza a desvanecerse, y los sonidos naturales del día dan paso a un silencio sobrenatural. Tomás, aunque empieza a sentir un creciente sentido de inquietud, sigue adelante, empujado por la emoción y la aventura.

Sin embargo, lo que Tomás no sabe es que sus pasos están siendo observados desde la oscuridad, y que su incursión en el bosque puede ser justo lo que las brujas han estado esperando. La noche cae, y con ella, desciende una oscuridad que podría tragarlo todo.

- Añadiendo - Adding
- Aterradoras - Terrifying
- Aventuran - Venture
- Desapareciendo - Disappearing
- Desvanecerse - To fade
- Empujado - Pushed
- Enigmáticas - Enigmatic
- Incursión - Incursion
- Inquietud - Unease
- Misterio - Mystery
- Oscuridad - Darkness
- Permea - Permeates
- Pociones - Potions
- Rumores - Rumors
- Sobrenatural - Supernatural
- Vasto - Vast
- Venturarse - To venture

La Excursión

Miguel se levanta con el sol, lleno de energía y emoción. Ama la naturaleza y hoy ha decidido explorar una parte del bosque que nunca antes había visitado. No cree en las viejas historias de terror que los ancianos del pueblo susurran sobre aquel lugar; para él, son solo cuentos para asustar a los niños.

Prepara cuidadosamente su mochila, asegurándose de llevar agua suficiente, algo de comida para el viaje y, por supuesto, su linterna, aunque planea regresar antes del anochecer. Sale de casa decidido, con una sonrisa en su rostro.

El bosque le recibe con su habitual calma, los árboles altos y el suelo cubierto de un manto verde. Miguel se siente en paz, rodeado de la belleza natural, respirando el aire fresco y limpio.

Sin embargo, a medida que avanza, comienza a escuchar sonidos extraños, diferentes a los habituales cantos de pájaros y susurros del viento. Al principio, piensa que son solo animales que él no reconoce, por lo que no les da mayor importancia y continúa su camino, adentrándose cada vez más en el corazón del bosque.

Pero el día comienza a oscurecer más rápido de lo que Miguel había calculado, y se da cuenta de que no reconoce el camino de regreso. El pánico empieza a apoderarse de él. Trata de mantener la calma y buscar una ruta familiar, pero todo esfuerzo parece inútil.

Es entonces cuando lo escucha: un canto suave, casi hipnótico, que parece llamarlo. El miedo se apodera de su corazón; las historias del pueblo, esas que él siempre había ignorado, invaden su mente. Ahora sabe que algo no está bien, que debería haber escuchado las advertencias.

Miguel intenta correr, pero no sabe hacia dónde. Los cantos se hacen más fuertes, más cercanos. Se detiene, respirando con dificultad, y mira a su alrededor. La oscuridad se cierne sobre él, y en ese momento, una fría realización lo golpea: las brujas del bosque, esas de las que todos hablaban, lo han visto. Y ahora, están aquí, con él.

- Adentrándose - Advancing
- Ancianos - Elders
- Apoderarse - To take over
- Calma - Calmness
- Cierne - Looms
- Cuentos - Tales
- Energía - Energy
- Escuchar - To listen
- Hipnótico - Hypnotic
- Manto - Mantle
- Oscurecer - To darken
- Realización - Realization
- Reconoce - Recognizes
- Rodeado - Surrounded
- Susurran - They whisper
- Terror - Terror

- Viaje - Journey

La Captura

Miguel camina rápido en el bosque, pero no reconoce el camino. De repente, se detiene. "¿Qué es eso?" se pregunta, escuchando pasos detrás de él.

"¿Quién está ahí?" grita Miguel, pero solo el eco responde. Su corazón late muy fuerte. Empieza a correr sin mirar atrás.

Pero las brujas, escondidas en las sombras, lo siguen sin hacer ruido. Miguel intenta correr más rápido, pero tropieza con una raíz y cae al suelo.

"¡Ayuda! ¡Por favor!" grita Miguel, pero el bosque está vacío y silencioso. Las brujas se acercan, sus risas frías llenan el aire.

Miguel intenta levantarse, pero las brujas ya están ahí. Son tres y muy rápidas. Miguel no puede creer lo que ve.

"Por favor, no me hagan daño," suplica Miguel, pero las brujas solo sonríen malvadamente.

Lo toman de los brazos y lo llevan a través del bosque. Llegan a una cabaña vieja y oscura. La cabaña está hecha de huesos y ramas.

Miguel tiembla de miedo. "¿Dónde estoy?" pregunta con voz temblorosa.

"En nuestra casa," responde una de las brujas con una voz que hiela la sangre.

Miguel mira alrededor y ve cosas horribles: frascos con ojos, manos y otras partes de cuerpos. Hay hechizos escritos en las paredes.

"¿Qué van a hacer conmigo?" Miguel está muy asustado.

Las brujas comienzan a preparar una poción. Hay humo y un olor horrible. Miguel intenta escapar, pero la puerta está cerrada con magia.

"Por favor, déjenme ir," grita Miguel. Pero las brujas solo ríen.

La noche es larga y oscura. Miguel sabe que no puede escapar.
Está atrapado en la cabaña de las brujas, y no hay nadie que pueda
ayudarlo.

- Atrapado - Trapped
- Cabaña - Cabin
- Escapar - To escape
- Escondidas - Hidden
- Frascos - Jars
- Hechizos - Spells
- Hiela - Freezes
- Huesos - Bones
- Magia - Magic
- Malvadamente - Wickedly
- Poción - Potion
- Raíz - Root
- Sangre - Blood
- Suplica - Begs
- Temblorosa - Trembling
- Tiembla - Trembles
- Tropieza - Stumbles

El Ritual

En la cabaña oscura, Miguel está muy asustado. Está atado y no
puede moverse. Las brujas están listas para empezar su ritual
secreto.

Una de las brujas abre un libro antiguo. El libro es grande y está
escrito en un idioma que Miguel no entiende.

"Por favor, no me hagan daño," suplica Miguel con lágrimas en
los ojos.

Pero las brujas no escuchan a Miguel. Ellas solo hablan entre
ellas en una lengua extraña.

"¿Qué van a hacer conmigo?" Miguel pregunta, pero las brujas solo ríen.

Ellas miran a Miguel y deciden qué parte de su cuerpo necesitan para su poción mágica.

Miguel ve los cuchillos mágicos en las manos de las brujas. Cierra los ojos, no quiere ver.

Las brujas comienzan a cantar y a bailar alrededor de Miguel. La habitación se llena de una luz oscura y fría.

Miguel siente mucho miedo. El olor en la habitación es horrible.

El ritual dura toda la noche. Miguel escucha los sonidos extraños de las brujas.

Cuando el sol comienza a salir, las brujas terminan su ritual. Pero Miguel ya no está allí. Ha desaparecido.

Fuera de la cabaña, el bosque está tranquilo. Pero hay un nuevo secreto en el bosque, un secreto muy oscuro y terrible.

Las brujas se miran y sonríen. Han completado su poción. Pero ellas saben que necesitarán más ingredientes pronto.

En el pueblo, la familia de Miguel espera. Pero Miguel no regresa. El bosque ha guardado su secreto una vez más.

En el pueblo, la familia de Miguel espera. Pero Miguel no regresa. El bosque ha guardado su secreto una vez más.

- Antiguo - Ancient
- Asustado - Scared
- Bailar - To dance
- Cabaña - Cabin
- Cantar - To sing
- Cuchillos - Knives
- Desaparecido - Disappeared
- Escucha - Listens
- Extraños - Strange
- Ingredientes - Ingredients

- Lágrimas - Tears
- Moverse - To move
- Oscura - Dark
- Poción - Potion
- Ritual - Ritual
- Secreto - Secret
- Suplica - Begs

La Desaparición

En el pequeño pueblo al borde del bosque, nadie sabe dónde está
Miguel. Su familia está muy preocupada y lo busca por todas
partes. La policía también busca en el bosque, pero solo encuentran
la mochila de Miguel. No hay señales de dónde podría estar.

La gente del pueblo está muy asustada. Todos susurran sobre las
historias antiguas del bosque, pero nadie quiere hablar claramente
sobre las brujas. "Es solo un cuento," dicen, pero evitan el bosque.

Sin embargo, hay una persona, una joven llamada Sofia, que
decide investigar. Sofia es valiente y tiene mucha curiosidad. "Voy
a encontrar a Miguel," dice decidida.

Sofia prepara su mochila con cuidado. Lleva agua, algo de
comida, y lo más importante, una cámara. "Voy a grabar todo,"
piensa. Quiere encontrar a Miguel y mostrar a todos la verdad.

Ella entra en el bosque. Es un día soleado, pero dentro del
bosque es oscuro y silencioso. Sofia siente un poco de miedo, pero
sigue adelante.

Camina por horas, buscando cualquier señal de Miguel. Pero no
hay nada, solo árboles, sombras y el sonido del viento.

De repente, Sofia escucha algo... una canción, una canción muy
extraña y fría. Viene de más profundo en el bosque. "¿Miguel?" se
pregunta. Pero en su corazón, Sofia sabe que no es Miguel.

Sin darse cuenta, Sofia se adentra más en el bosque. La canción
se hace más fuerte, más hipnótica. Sofia no lo sabe, pero las brujas
la han visto. Están esperando, observando. La trampa está puesta.

Sofia siente que algo no está bien. Se detiene y mira alrededor. "¿Dónde estoy?" piensa. Trata de volver, pero todo se ve igual. Está perdida.

La cámara en su mano tiembla. Sofia siente el miedo subiendo por su espina dorsal. "Tengo que salir de aquí," murmura.

Pero es demasiado tarde. Las sombras se mueven alrededor de ella. Sofia corre, pero no sabe hacia dónde. La canción de las brujas llena el aire, fría y seductora.

Las brujas esperan en la oscuridad. Sus ojos brillan con una luz fría mientras observan a Sofia acercarse cada vez más a su destino.

- Adentra - Enters
- Asustada - Scared
- Bosque - Forest
- Cámara - Camera
- Cuento - Story
- Decidida - Determined
- Espina - Spine
- Grabar - To record
- Hipnótica - Hypnotic
- Investigar - To investigate
- Mochila - Backpack
- Murmura - Murmurs
- Perdida - Lost
- Preocupada - Worried
- Señales - Signs
- Sombras - Shadows
- Trampa - Trap

El Seguimiento

Sofia camina con cuidado en el bosque. Mira al suelo y sigue las huellas que encuentra. "Estas deben ser de Miguel," piensa. Pero el camino es extraño y lleno de cosas raras.

De repente, ve sombras que se mueven rápido entre los árboles. "¿Quién está ahí?" pregunta con voz temblorosa, pero nadie responde. Solo el viento entre las hojas.

Mientras avanza, Sofia siente que alguien, o algo, la sigue. Escucha pasos detrás de ella y se gira rápido, pero no hay nadie. "Debo seguir," se dice a sí misma.

Entonces, escucha risas muy lejos, risas que no son de personas. Son frías y malvadas. Sofia empieza a tener mucho miedo.

Después de caminar un rato, encuentra una cabaña vieja y oscura. "¿Será aquí?" se pregunta. Al lado de la puerta, ve la mochila de Miguel. "¡Miguel estuvo aquí!" exclama.

Con el corazón latiendo fuerte, Sofia decide entrar a la cabaña para buscar a Miguel. Pero cuando entra, la puerta se cierra de golpe detrás de ella. Intenta abrirla, pero está atrapada.

"¿Quién está ahí?" pregunta Sofia, pero solo escucha la risa de las brujas. "Bienvenida," dicen con voces que dan miedo.

Sofia intenta correr hacia otra salida, pero las brujas aparecen delante de ella. Intenta empujarlas, pero son demasiado fuertes para ella.

Las brujas se acercan, y Sofia se da cuenta del gran peligro en el que está. "Por favor, déjenme ir," suplica, pero las brujas solo ríen más fuerte.

Sofia sabe que es demasiado tarde para escapar. Las brujas están listas para su nuevo ritual, y esta vez, Sofia es la elegida. La oscuridad se cierra sobre ella, y el último rayo de esperanza desaparece.

- Atrapa - Traps
- Cabaña - Cabin
- Cierra - Closes
- Correr - To run
- Elegida - Chosen
- Empujarlas - To push them

- Escapar - To escape
- Golpe - Bang
- Huellas - Footprints
- Latiendo - Beating
- Malvadas - Evil
- Oscuridad - Darkness
- Peligro - Danger
- Risas - Laughs
- Sigue - Follows
- Temblorosa - Trembling
- Viento - Wind

El Secreto del Pueblo

El pueblo está más silencioso que nunca. Después de la desaparición de Sofia y Miguel, nadie se atreve a hablar mucho. Todos sienten miedo y tristeza.

Pero hay un anciano en el pueblo que conoce la verdad sobre el bosque. Ha vivido muchos años y sabe de las brujas. El anciano siempre advierte a los niños: "No entren al bosque," les dice con una voz seria. "Es peligroso."

Los padres de Sofia y Miguel están muy preocupados. No saben qué hacer. Algunos vecinos dicen que deberían irse del pueblo para estar seguros. Otros, sin embargo, quieren luchar, quieren enfrentar a las brujas y descubrir la verdad.

Pero a pesar de sus palabras, nadie se atreve a entrar al bosque. El miedo es más fuerte que ellos.

Una noche, algo extraño sucede: el anciano desaparece. La gente del pueblo encuentra su casa completamente vacía. Solo hay una cosa que deja atrás: un libro antiguo sobre la mesa.

El libro es viejo y está lleno de historias y hechizos. Habla de las tres brujas que viven en el bosque y de sus poderes oscuros. Al leerlo, la gente del pueblo empieza a entender la gravedad de la situación.

"Tenemos que hacer algo," dicen algunos valientes del pueblo. "No podemos dejar que esto siga pasando. Las brujas tienen que ser detenidas."

Después de mucha discusión y con mucho miedo, el pueblo decide actuar. Se organizan en grupos, preparan antorchas y agua bendita, y planean ir al bosque para enfrentar a las brujas.

La determinación brilla en sus ojos, pero también el miedo. Saben que lo que van a hacer es peligroso, pero ya no pueden seguir viviendo con miedo. Es hora de descubrir el secreto del bosque y salvar a los desaparecidos, si es que aún pueden ser salvados.

- Anciano - Elder
- Antiguo - Ancient
- Antorchas - Torches
- Atreve - Dares
- Bendita - Holy
- Desaparición - Disappearance
- Determinación - Determination
- Enfrentar - To confront
- Gravedad - Seriousness
- Hechizos - Spells
- Miedo - Fear
- Organizan - Organize
- Poderes - Powers
- Preocupados - Worried
- Seguros - Safe
- Tristeza - Sadness
- Valientes - Brave

El Último Intento

Los valientes del pueblo, con caras serias y corazones fuertes, se reúnen en la plaza. Juntos, preparan antorchas y armas, decididos a enfrentar el peligro que ha estado atormentando sus vidas.

Con determinación, entran al bosque. Es una noche oscura y sin luna. Las sombras se mueven como si el propio bosque estuviera vivo. Algunos del grupo sienten miedo y quieren regresar, pero la determinación de salvar al pueblo los empuja a seguir adelante.

Caminan durante horas hasta que finalmente encuentran la cabaña de las brujas. Está silenciosa y oscura, como si estuviera esperando su llegada. Un miedo profundo les recorre el cuerpo, pero saben que este es el momento.

"Vamos a terminar esto," dice uno con voz temblorosa, y deciden quemar la cabaña para acabar con el mal de una vez por todas.

Pero cuando se acercan, las puertas de la cabaña se abren de golpe. Las brujas estaban esperándolos, con sonrisas malvadas en sus caras. La lucha comienza de inmediato. Las brujas atacan con una magia poderosa y oscura.

La lucha es terrible y larga. Los valientes del pueblo luchan con todas sus fuerzas, pero las brujas son demasiado poderosas. Una a una, las luces de las antorchas se apagan en la oscuridad.

Al final, la noche se traga todo sonido de lucha. Ninguno de los valientes regresa del bosque. El pueblo amanece en un silencio profundo y desolador.

Las brujas, aún poderosas y ahora más enfurecidas que nunca, siguen reinando en el bosque oscuro. El pueblo, ahora sin sus valientes, queda en un silencio perpetuo, un sombrío recordatorio de la oscuridad que habita cerca. Las sombras se alargan, y la esperanza parece haberse perdido para siempre.

- Acabar - To end
- Alargan - Extend
- Amanece - Dawns
- Antorchas - Torches
- Atacan - Attack
- Atormentando - Tormenting
- Decididos - Determined

- Desolador - Desolate
- Empezar - To begin
- Enfrentar - To confront
- Lucha - Fight
- Magia - Magic
- Oscura - Dark
- Poderosas - Powerful
- Recorre - Runs through
- Reinando - Reigning
- Sombrío - Gloomy

La Maldición de la Cueva Oculta

Los Exploradores

Un grupo de amigos va a los Andes. Los amigos son exploradores. Ellos quieren encontrar tesoros antiguos.

El grupo encuentra una cueva grande. La cueva es oscura y misteriosa. Los amigos tienen linternas.

"¡Mira esto!" dice Ana, señalando la entrada de la cueva.

"Es enorme," responde Luis con emoción.

Ellos entran en la cueva. Dentro, encuentran artefactos antiguos. Los artefactos son de oro y piedras.

"¡Qué bonito!" exclama Juan.

"Es increíble," dice María asombrada.

Hay dibujos en las paredes de la cueva. Los dibujos son de personas y animales. Un amigo, Pedro, encuentra un objeto extraño. El objeto brilla en la oscuridad.

"¿Qué es eso, Pedro?" pregunta Ana curiosa.

"No sé, pero es hermoso," responde Pedro.

Todos quieren ver el objeto. Ellos no saben que es peligroso.

"Ten cuidado," dice Luis.

Pero es demasiado tarde. Al tocar el objeto, una luz extraña sale de él. Los amigos se miran unos a otros, asustados.

"¿Qué hacemos ahora?" pregunta María, nerviosa.

"Debemos salir de aquí," sugiere Juan.

Pero encontrar la salida no es fácil. La cueva parece cambiar. Los pasillos se vuelven más estrechos y oscuros.

"Estoy perdido," dice Pedro con miedo.

"No, vamos todos juntos," responde Ana, intentando ser valiente.

Pero algo en la cueva ha cambiado. Los amigos sienten un frío extraño. Escuchan ruidos desconocidos. Están asustados.

"¿Escuchan eso?" susurra Luis.

"Sí, ¿qué es?" responde María, temblando.

La aventura de encontrar tesoros se ha convertido en una pesadilla. La cueva oculta un secreto oscuro y los amigos deben encontrar la salida antes de que sea demasiado tarde. Pero el objeto misterioso ha desatado algo terrible en la cueva, y ahora deben enfrentarse a sus miedos más profundos.

- Artefactos - Artifacts
- Asombrada - Amazed
- Cuevas - Caves
- Desatado - Unleashed
- Dibujos - Drawings
- Encuentran - They find
- Estrechos - Narrow
- Exploradores - Explorers
- Hermoso - Beautiful
- Linternas - Lanterns
- Miedos - Fears
- Misterioso - Mysterious
- Objeto - Object
- Oscuros - Dark
- Pasillos - Hallways
- Tesoros - Treasures
- Valiente - Brave

El Descubrimiento

Pedro encuentra una caja pequeña entre los artefactos. La caja está cerrada con una cerradura antigua.

"¿Qué hay dentro?" pregunta Ana, mirando la caja con curiosidad.

"No sé, voy a abrirla," responde Pedro, intentando abrir la caja con sus manos.

Con un poco de esfuerzo, la caja se abre. Dentro de la caja, hay un polvo negro. Sin querer, Pedro agita la caja y el polvo se levanta en el aire.

"¡Cuidado!" grita Luis, pero es demasiado tarde.

Todos empiezan a toser y a respirar el polvo. Sienten un dolor en sus cuerpos. Los amigos están muy asustados.

"¿Qué es esto?" tose María, cubriéndose la boca.

"No sé, pero me siento mal," dice Juan, pálido.

Ellos quieren salir de la cueva rápidamente. Pero hay un problema grande: no recuerdan el camino de regreso.

"¿Por dónde vinimos?" pregunta Ana, mirando alrededor.

"No me acuerdo," responde Pedro, confundido.

Todos empiezan a sentirse muy enfermos. Sus ojos cambian de color, se vuelven rojos.

"¿Qué nos pasa?" grita Luis, mirando los ojos de los demás.

"No lo sé, pero tenemos que salir de aquí," dice María, intentando mantener la calma.

Pero el miedo y la confusión empiezan a afectarlos. Comienzan a discutir entre ellos.

"¡Tú abriste la caja!" acusa Ana a Pedro.

"¡No sabía lo que había dentro!" se defiende Pedro, asustado.

La amistad entre ellos se rompe. Están confundidos, asustados y enfermos.

Algo muy malo está pasando. La cueva que buscaba tesoros se ha convertido en una trampa de miedo y oscuridad. Los amigos deben encontrar una salida antes de que sea demasiado tarde, pero la desconfianza y el miedo los están consumiendo. La oscuridad de la cueva es ahora más que una simple ausencia de luz; es un reflejo de su propio temor.

- Abierta - Opened
- Acusa - Accuses
- Afectarlos - Affect them
- Agita - Shakes
- Asustados - Scared
- Cambian - Change
- Cerradura - Lock
- Confundido - Confused
- Consumiendo - Consuming
- Desconfianza - Mistrust
- Enfermos - Sick
- Levanta - Rises
- Oscuridad - Darkness
- Polvo - Dust
- Respirar - To breathe
- Tos - Cough
- Vinimos - We came

La Transformación

Después de respirar el polvo, los amigos comienzan a sentirse diferentes. Algo extraño les está pasando.

"¿Por qué me miras así?" pregunta Juan, notando que Pedro lo mira con enojo.

"No sé... me siento raro," gruñe Pedro, su voz suena diferente.

Los amigos ya no hablan como antes; solo hacen sonidos guturales y gruñidos. Es como si hubieran olvidado cómo hablar.

María se toca el brazo y grita, "¡Mi piel, cambia!"

Todos miran sus propios cuerpos. Sus pieles se vuelven más oscuras, casi como la roca de la cueva. Están cambiando.

Una hambre extraña crece en ellos, una hambre que no es normal. No quieren pan ni agua, quieren algo más, algo oscuro.

"Me... me haces daño," dice Ana, retrocediendo de Luis, quien la mira de manera amenazante.

De repente, sin razón, comienzan a pelearse. Amigos de toda la vida ahora se ven como enemigos.

La cueva se llena de gritos y ruidos de lucha. Es un caos total. Algunos corren para esconderse en los rincones oscuros.

Otros, confundidos y asustados, buscan a sus amigos, llamándolos por sus nombres, pero la oscuridad y la transformación los hacen irreconocibles.

"¿Dónde estás? ¡Ayúdame!" grita María, pero la oscuridad es total. Se tropieza y cae.

El dolor de las heridas se mezcla con el miedo. La cueva, antes un lugar de descubrimiento, ahora es un laberinto de terror.

Nadie sabe qué hacer. El miedo los paraliza. Están completamente perdidos, tanto en la cueva como en sí mismos.

La transformación es completa. No reconocen sus cuerpos, sus mentes están confundidas. La cueva se ha convertido en una prisión de miedo y oscuridad.

"¿Qué nos pasó?" susurra Luis, pero su voz es solo un eco en la vasta oscuridad. Los amigos que entraron en la cueva ya no existen; ahora son criaturas de la oscuridad, perdidos en un mundo de terror y confusión.

- Amenazante - Threatening
- Caos - Chaos
- Confundidos - Confused
- Criaturas - Creatures
- Gruñidos - Growls
- Guturales - Guttural
- Heridas - Wounds
- Hambre - Hunger
- Laberinto - Labyrinth
- Mezcla - Mix

- Oscuros - Dark
- Paraliza - Paralyzes
- Piel - Skin
- Retrocediendo - Backing away
- Ruidos - Noises
- Transformación - Transformation
- Tropieza - Stumbles

El Secreto de la Cueva

En lo profundo de la cueva, los amigos se encuentran atrapados, transformados y llenos de miedo. La cueva esconde un secreto muy oscuro.

"¿Qué es este lugar?" pregunta Ana, su voz temblorosa.

Luis, con los ojos llenos de confusión, mira las paredes. "Estos dibujos... cuentan algo."

Los dibujos en las paredes parecen contar una historia, una advertencia sobre los artefactos y el polvo. Pero para los amigos, es demasiado tarde para entender.

"Estos artefactos... eran una trampa," murmura Juan, su voz casi un susurro.

Pedro, aún agresivo, gruñe, "Nos han engañado."

El polvo negro que respiraron es en realidad un parásito antiguo, uno que controla a las personas, haciéndolas violentas.

"El parásito... nos quiere controlar," dice María, comprendiendo el horror.

La cueva, con su oscuridad y sus secretos, desea algo de ellos. Los quiere a todos, los necesita para sobrevivir.

"Estamos atrapados," dice Luis, mirando alrededor, buscando una salida que no existe.

Los dibujos en las paredes eran una advertencia, una historia de los antiguos, de aquellos que cayeron en la misma trampa.

"Nosotros... no escuchamos," dice Ana, mientras las lágrimas corren por su cara.

Ahora es demasiado tarde para ellos. El parásito busca más cuerpos, más almas para consumir.

"La cueva se alimenta de nuestro miedo," susurra Juan, entendiendo su fatal destino.

Ellos, los exploradores, se han convertido en las nuevas víctimas de la cueva, atrapados en un ciclo sin fin de horror.

"¿Podemos... podemos escapar?" pregunta Pedro, pero nadie responde.

La verdad es cruel: nadie puede escapar de su destino en esta cueva. Están condenados a ser parte de su oscuro secreto, una advertencia viva para los que puedan seguir sus pasos. La cueva los ha reclamado para siempre.

- Advertencia - Warning
- Atrapados - Trapped
- Condenados - Doomed
- Controla - Controls
- Cuevas - Caves
- Destino - Destiny
- Engañado - Deceived
- Fatal - Fatal
- Horror - Horror
- Lágrimas - Tears
- Oscuro - Dark
- Parásito - Parasite
- Reclamado - Claimed
- Secretos - Secrets
- Temblorosa - Trembling
- Trampa - Trap
- Violentas - Violent

La Noche Eterna

Afuera, la noche envuelve la montaña, pero dentro de la cueva, los exploradores están atrapados en una oscuridad aún más profunda.

"¿Dónde está la salida?" pregunta Ana, su voz llena de pánico.

"No sé, estamos perdidos," responde Juan, mirando alrededor, intentando encontrar un camino.

No pueden encontrar la salida; la cueva es como un laberinto sin fin. Se oyen gritos en la oscuridad, pero no saben si son reales o imaginarios.

"¿Escuchaste eso?" dice Luis, temblando.

"Sí, algo está aquí con nosotros," responde María, su voz temblorosa.

El miedo crece en sus corazones con cada minuto que pasa. Algunos, como Pedro, intentan ser valientes y buscan un rayo de luz.

"Pero aquí solo hay oscuridad," dice Pedro, desesperado.

La cueva juega con sus mentes; el parásito les hace ver cosas terribles. Ven monstruos en las sombras, criaturas que se arrastran y susurran sus nombres.

"¿Es real?" pregunta Ana, señalando a una sombra.

"No sé, no sé qué es real," responde Luis, confundido y asustado.

La realidad se mezcla con la fantasía, haciendo imposible saber qué es verdad. Nadie confía en nadie; el miedo los ha transformado.

"¡Aléjate de mí!" grita Juan, empujando a Pedro.

"No quería hacerlo," dice Pedro, pero la mirada en sus ojos dice otra cosa.

La violencia aumenta, los amigos de toda la vida ahora se miran con desconfianza y miedo.

"¿Qué nos hemos convertido?" susurra María, mirando a sus manos, como si no las reconociera.

La cueva se llena de horrores; cada esquina esconde un nuevo terror, cada sombra parece estar viva.

"¿Cuándo terminará esto?" pregunta Ana, llorando.

Pero la noche en la cueva parece no tener fin, una eternidad de oscuridad y miedo, un laberinto de terror del que no pueden escapar. Los exploradores, una vez llenos de esperanza y curiosidad, ahora están perdidos en una pesadilla sin fin.

- Atrapados - Trapped
- Confundido - Confused
- Criaturas - Creatures
- Desconfianza - Distrust
- Desesperado - Desperate
- Emociones - Emotions
- Envuelve - Envelops
- Fantasía - Fantasy
- Horrores - Horrors
- Laberinto - Labyrinth
- Mentiras - Lies
- Oscuridad - Darkness
- Parásito - Parasite
- Realidad - Reality
- Sombras - Shadows
- Terribles - Terrible
- Transformado - Transformed

La Lucha por Sobrevivir

Los exploradores, ahora transformados y atrapados, luchan por sobrevivir en la oscuridad de la cueva.

"Debemos encontrar agua," dice Ana, su garganta seca y dolorida.

"Y comida," agrega Luis, pero en sus ojos hay poca esperanza.

Buscan en la oscuridad, tocando las frías paredes de piedra, pero solo encuentran más oscuridad, más vacío.

El parásito en sus cuerpos los hace más débiles, chupando su energía, su humanidad.

"Ya no puedo más," murmura Juan, cayendo al suelo, sin fuerzas para seguir.

Pero algunos, como María, se niegan a rendirse. "¡Tenemos que seguir luchando!" exclama, tratando de levantar a Juan.

Se oyen gritos de ayuda en la lejanía, ecos de terror y desesperación. Pero nadie viene a salvarlos; están solos.

La amistad, el vínculo que una vez los unió, ahora está destrozado. Solo queda la lucha por la vida, un instinto primario.

"Yo... yo soy el más fuerte," gruñe Pedro, mirando a los demás con desafío. La enfermedad lo ha hecho creer que solo él puede sobrevivir.

La moral, el sentido del bien y del mal, se pierde completamente en la lucha por la supervivencia.

La cueva ya no es solo un lugar; se ha convertido en su mundo, un mundo de oscuridad y miedo.

La esperanza de encontrar una salida, de volver a ver la luz del día, se desvanece con cada momento que pasa.

Y en este mundo de sombras, el parásito es el verdadero dueño. Controla sus mentes, sus cuerpos, convirtiéndolos en algo que ya no son humanos.

"¿Esto es todo? ¿Esto es lo que queda de nosotros?" pregunta Ana, su voz llena de dolor y resignación.

No hay respuesta, solo el eco de su voz en la vasta oscuridad. Los exploradores siguen adelante, pero dentro de ellos, algo se ha roto irremediablemente. La lucha por sobrevivir ha cambiado todo lo que eran, dejando solo sombras de lo que alguna vez fueron.

- Adelante - Forward
- Convirtiéndolos - Turning them
- Desafío - Challenge
- Desesperación - Desperation
- Desvanece - Fades
- Destrozado - Shattered
- Dolorida - Sore
- Ecos - Echoes
- Energía - Energy
- Garganta - Throat
- Humanidad - Humanity
- Instinto - Instinct
- Irremediablemente - Irreparably
- Moral - Morality
- Oscuridad - Darkness
- Primario - Primary
- Rendirse - To give up

El Fin Se Acerca

En la cueva, los días y las noches se han vuelto uno; el tiempo ha perdido todo significado.

"Nadie sabe cuánto tiempo hemos estado aquí," dice Ana en voz baja, mirando a los demás.

Los exploradores, ahora irreconocibles, han perdido toda su humanidad. No son los amigos que una vez se rieron y compartieron sueños.

"¿Qué somos ahora?" pregunta Luis, su voz llena de dolor.

La violencia se ha convertido en parte de su ser. Pelean por cualquier cosa, incluso por el más pequeño sorbo de agua.

Uno a uno, algunos caen y ya no se levantan. No hay lágrimas, solo silencio.

El silencio comienza a reinar en la cueva. Los gritos y los lamentos han cesado, dejando un vacío ensordecedor.

La cueva, que una vez estuvo llena de ruido y terror, se calma lentamente. Es como si estuviera esperando algo.

El parásito, el causante de toda esta pesadilla, espera en la oscuridad, satisfecho con el caos que ha creado.

Los sobrevivientes son pocos ahora. Se miran, pero sus ojos vacíos no reconocen nada.

"¿Quién eres?" susurra María a Pedro, pero él solo da la vuelta y se aleja.

El instinto de supervivencia, que los mantuvo luchando durante tanto tiempo, se desvanece lentamente.

La cueva, como un monstruo silencioso, reclama sus cuerpos y almas, absorbiendo lo último que queda de ellos.

Finalmente, el último explorador cae, vencido por el cansancio, el hambre y la desesperación.

Con su caída, la cueva cierra su ciclo una vez más, esperando a sus próximas víctimas. La oscuridad se asienta, completa y absoluta.

"¿Este es el fin?" son las últimas palabras susurradas, pero no hay nadie para escucharlas.

La cueva, con sus secretos y horrores, permanece inmutable, una trampa eterna para aquellos que se atreven a entrar. La historia de los exploradores termina, pero la cueva sigue allí, esperando en silencio.

- Absorbiendo - Absorbing
- Cansancio - Fatigue
- Causante - Culprit
- Ciclo - Cycle
- Desesperación - Desperation
- Desvanece - Fades away
- Ensondecedor - Deafening
- Inmutable - Unchanging

- Instinto - Instinct
- Irreconocibles - Unrecognizable
- Lamentos - Moans
- Pesadilla - Nightmare
- Reclama - Claims
- Sobrevivientes - Survivors
- Susurradas - Whispered
- Vacíos - Empty
- Vencido - Overcome

El Eco de la Advertencia

La cueva queda en completo silencio después de los eventos terribles. No hay ruido, solo quietud.

Dentro, los artefactos brillan débilmente, como recordatorios de las trampas que esconden. El polvo negro, causante de tanto horror, se asienta lentamente en el suelo, listo para su próximo huésped.

Los cuerpos de los exploradores yacen inmóviles en el suelo de la cueva, un testimonio mudo del peligro que enfrentaron. La historia, trágica y aterradora, se repite una y otra vez.

"Debemos advertir a los demás," susurra el eco de una voz que ya no tiene dueño.

Pero la cueva espera, paciente, sabiendo que nuevos exploradores vendrán. La naturaleza, cómplice involuntaria, borra lentamente las huellas de los anteriores visitantes, preparando el escenario para la próxima tragedia.

Con el tiempo, la leyenda de la cueva crece, alimentada por rumores y cuentos de los locales. Se convierte en una historia de advertencia, pero también de desafío.

"Seguramente, nosotros podemos vencerla," dicen los futuros exploradores, atraídos por el misterio y las historias de tesoros ocultos.

Ignoran las señales de peligro, las advertencias de aquellos que conocen la verdad. Entran en la cueva, llenos de esperanza y ambición, buscando gloria y riquezas.

Pero una vez dentro, el ciclo de horror comienza de nuevo. La cueva, hambrienta y sedienta de miedo y desesperación, se prepara para reclamar nuevas almas.

"Esta vez será diferente," se dicen a sí mismos, sin saber que están repitiendo las mismas palabras de innumerables antes que ellos.

La cueva nunca queda vacía por mucho tiempo. La oscuridad, como un monstruo paciente, siempre espera a sus próximas víctimas. Y así, la advertencia se convierte en un eco, un eco que tal vez nadie escuche hasta que sea demasiado tarde.

- Advertir - To warn
- Alimentada - Fed
- Ambición - Ambition
- Artefactos - Artifacts
- Cómplice - Accomplice
- Desafío - Challenge
- Exploradores - Explorers
- Hambrienta - Hungry
- Huésped - Guest
- Inmóviles - Motionless
- Leyenda - Legend
- Paciente - Patient
- Peligro - Danger
- Preparando - Preparing
- Reclamar - To claim
- Sedienta - Thirsty
- Testimonio - Testimony

La Sombra del Contagio

El Experimento Fallido

En un laboratorio oscuro y silencioso, un científico trabaja sin parar. Está haciendo una medicina nueva. "Esta medicina va a ayudar a mucha gente," piensa con esperanza.

Pero, de repente, algo va mal. Su experimento causa una reacción extraña. La medicina, que prometía ser beneficiosa, se convierte en algo horrible: un virus muy peligroso.

El científico mira su experimento, sus ojos llenos de miedo. "¿Qué he hecho?" se pregunta, asustado. Intenta destruir el virus, pero el virus es más fuerte.

De alguna manera, el virus escapa del laboratorio. El científico corre por las calles, tratando de avisar a la gente. "¡Hay un peligro!" grita, pero nadie lo escucha.

La ciudad está tranquila y la gente no sabe del virus. El científico sabe que algo terrible va a pasar. "Necesito encontrar una solución," piensa, mientras corre.

La noche cae sobre la ciudad. Es una noche diferente, llena de una sensación extraña y peligrosa. El científico mira al cielo, sabiendo que el virus ya está afuera, esperando en la oscuridad.

Mientras camina, el científico se encuentra con una señora. "Señora, por favor, ¡vaya a su casa y no salga!" le dice con urgencia. Pero la señora lo mira confundida y sigue su camino.

El científico siente un frío en el corazón. Sabe que ha comenzado una lucha contra el tiempo y el virus. La ciudad, aún tranquila y desconocedora del peligro, está al borde de un desastre.

"Debo hacer algo," se dice a sí mismo, pero el miedo es grande. La noche avanza y con ella, la sombra del contagio se hace más y más grande.

- Asustado - Frightened
- Avisar - To warn

- Beneficiosa - Beneficial
- Científico - Scientist
- Contagio - Contagion
- Desastre - Disaster
- Escapa - Escapes
- Experimento - Experiment
- Laboratorio - Laboratory
- Medicina - Medicine
- Noche - Night
- Peligro - Danger
- Prometía - Promised
- Reacción - Reaction
- Sensación - Sensation
- Tranquila - Calm
- Urgencia - Urgency

La Primera Víctima

Una noche, en la ciudad tranquila, un hombre camina por la calle. De repente, encuentra algo extraño en el suelo. Es el virus, pero él no sabe qué es.

Curioso, toca el líquido oscuro con su dedo. "¿Qué será esto?" piensa. Pero pronto, comienza a sentirse muy mal. "¡Ay, me siento raro!" dice asustado.

Corre a su casa, rápido, muy rápido. Su familia lo ve y se asusta. "¿Qué te pasa?" pregunta su esposa con miedo.

Pero el hombre no puede responder. Se siente peor cada segundo. Su piel se vuelve gris y sus ojos cambian.

De repente, se convierte en algo similar a un zombie. "¡Ahh!" grita la familia. Ellos corren, pero el hombre los sigue. Ahora parece desear algo más que simplemente estar con ellos.

La familia se esconde en la casa. "¡Rápido, escondámonos aquí!" dice la esposa a los hijos. Pero el hombre los encuentra. Están muy asustados.

La esposa se sacrifica para que los hijos puedan escapar. "¡Vayan, hijos, corran!" grita ella. Los hijos salen corriendo de la casa, llorando.

El barrio escucha los gritos. "¿Qué pasa allí?" dicen los vecinos. Todos se asustan al ver la escena.

La infección comienza a esparcirse por el barrio. La gente corre, grita y se esconde. La noche tranquila se convierte en una noche de terror.

Los hijos corren sin parar, mirando hacia atrás para ver si su madre los sigue. Pero ella no viene. Ellos lloran, pero saben que deben seguir corriendo.

"¿Qué vamos a hacer?" pregunta el hermano menor, temblando de miedo. "No lo sé, pero debemos alejarnos de aquí," responde el mayor, tomando de la mano a su hermano.

La ciudad que una vez fue tranquila, ahora está llena de miedo y confusión. El virus, liberado por accidente, está cambiando todo. La primera víctima es solo el comienzo.

- Cambian - Change
- Corren - They run
- Curioso - Curious
- Esconde - Hides
- Escapar - To escape
- Esparcirse - To spread
- Extraño - Strange
- Infección - Infection
- Líquido - Liquid
- Mayor - Older
- Menor - Younger
- Raro - Weird
- Sacrifica - Sacrifices

- Siente - Feels
- Siguen - They follow
- Temblando - Trembling
- Víctima - Victim

El Caos se Desata

Los hijos, asustados y solos, corren por la calle. Detrás de ellos, la ciudad se sumerge en el caos. La gente empieza a notar a los zombis y el miedo crece.

"¡Corre más rápido!" dice el hermano mayor a su hermanito. Las calles, antes tranquilas, ahora están llenas de gritos y confusión.

El pánico se esparce rápido, como el virus. Todos intentan huir, pero los zombis son lentos y persistentes. Aparecen por todas partes, creando un terror silencioso pero mortal.

La policía llega, intentando controlar la situación. "¡Mantengan la calma y síganme!" grita un oficial, pero es difícil escuchar sobre los gritos.

Los coches de policía intentan abrirse camino entre el caos. Pero los zombis son demasiados y el miedo demasiado grande.

Las personas corren en todas direcciones, buscando un lugar seguro. Algunos entran en edificios, cerrando puertas y ventanas con prisa.

Otros, más valientes o más desesperados, intentan salir de la ciudad. Pero las carreteras también están llenas de caos y miedo.

Los zombis, incansables, siguen avanzando, buscando a cualquier persona a su alcance. No entienden, solo quieren más.

En su laboratorio, el científico busca desesperadamente una cura. "Debe haber una solución," murmura, revisando sus notas por enésima vez.

Pero el tiempo se acaba y el virus parece estar siempre un paso adelante. El científico siente el peso de la culpa y el miedo.

Mientras tanto, la ciudad se convierte poco a poco en un lugar de pesadilla. Lo que una vez fue un hogar para miles, ahora es un laberinto de terror y desesperación.

"¿Encontraremos un lugar seguro?" pregunta el hermano menor, lágrimas en sus ojos. "Lo haremos," responde el mayor, aunque en su corazón no está seguro.

La noche cae, y con ella, la esperanza parece desvanecerse. Los gritos, los golpes y el sonido de los pasos de los zombis llenan la ciudad, un recordatorio constante del horror que se ha desatado.

- Alcance - Reach
- Caos - Chaos
- Científico - Scientist
- Desesperadamente - Desperately
- Desvanecerse - To fade away
- Edificios - Buildings
- Entienden - They understand
- Golpes - Blows, bangs
- Incansables - Tireless
- Laboratorio - Laboratory
- Murmura - He/she murmurs
- Notar - To notice
- Pánico - Panic
- Pesadilla - Nightmare
- Síganme - Follow me
- Sumerge - Plunges, immerses
- Zombis - Zombies

La Lucha por Sobrevivir

En la ciudad desolada, un pequeño grupo de sobrevivientes se encuentra por casualidad. Juntos, deciden construir un refugio seguro en un edificio abandonado.

"Tenemos que encontrar comida y agua," dice una mujer del grupo, mirando a los demás con determinación.

Pero en este nuevo mundo, tienen que ser muy silenciosos. "Shh... recuerden, los zombis pueden oírnos," advierte otro sobreviviente, poniendo su dedo sobre los labios.

Mientras buscan recursos, encuentran algunas armas en una tienda de policía abandonada. "Esto nos ayudará a defendernos," dice un joven, examinando una batuta.

Por suerte, el grupo se encuentra con el científico que creó el virus. Él se une a ellos, lleno de remordimiento y deseo de ayudar.

El científico les explica sobre el virus. Todos escuchan, asustados pero atentos. "Tenemos que encontrar una cura," dice, mirando a los ojos de cada uno.

A pesar del miedo, el grupo trabaja unido. Comparten comida, agua y esperanza. "Juntos, podemos sobrevivir," afirman, tratando de dar ánimo.

Cada día trae nuevos desafíos: encontrar más alimentos, agua y mantenerse a salvo de los zombis. "Cada día es una victoria," susurra una madre a su hijo, abrazándolo fuerte.

Pero la noche es el momento más peligroso. Los zombis, atraídos por el menor sonido, rondan su refugio, buscando una entrada.

Una noche, los zombis atacan con más fuerza. "¡Están aquí!" grita un sobreviviente, mientras todos corren a sus puestos para defenderse.

La lucha por la vida se vuelve intensa. Golpes, gritos y el sonido de objetos rompiéndose llenan el aire.

"¡No podemos rendirnos!" grita el líder del grupo, mientras empuja a un zombi que había logrado entrar.

El científico, mientras tanto, sigue pensando en una cura, sintiendo cada ataque como un recordatorio de su culpa. "Debo hacer algo," se promete a sí mismo, mientras ayuda a defender el refugio.

Aunque la noche es larga y llena de terror, el grupo logra sobrevivir un día más. Exhaustos pero vivos, se miran unos a otros con una mezcla de miedo y esperanza.

"Mañana será otro día," dice la mujer, intentando sonreír. Todos asienten, sabiendo que la lucha por sobrevivir continúa.

- Abandonado - Abandoned
- Armada - Armed (feminine adjective, assuming for "batuta armada")
- Atacan - They attack
- Batuta - Baton
- Curación - Cure
- Desafíos - Challenges
- Desolada - Desolate
- Determinación - Determination
- Golpes - Blows, hits
- Labios - Lips
- Miedo - Fear
- Recursos - Resources
- Refugio - Shelter
- Remordimiento - Remorse
- Rondan - They prowl
- Sobrevivientes - Survivors
- Victorias - Victories

El Descubrimiento

En medio del caos, el científico encuentra una pista importante. "Puede que haya una forma de detener esto," dice con una mezcla de esperanza y urgencia.

El grupo, aunque asustado, decide actuar. "Debemos encontrar los ingredientes necesarios," declara el líder, determinado.

Pero saben que no será fácil. "Es peligroso afuera," dice una mujer, mirando por la ventana al mundo invadido por los zombis.

Divididos en pequeños equipos, salen en distintas direcciones.
La ciudad está en ruinas, y los zombis están en cada esquina.

El primer equipo va a la farmacia más cercana. Después de una
lucha intensa, logran encontrar el primer ingrediente. "¡Lo
tenemos!" exclaman, pero su alegría es breve, ya que deben seguir
adelante.

El segundo ingrediente se encuentra en una escuela abandonada.
El lugar está silencioso, pero saben que los peligros acechan.
"Tenemos que ser rápidos," susurra uno de ellos.

Durante la misión, enfrentan muchos peligros. Los zombis los
atacan desde las sombras, y cada encuentro es una batalla por la
vida.

Trágicamente, en el camino pierden a dos miembros del grupo.
El dolor es grande, pero saben que deben continuar. "Por ellos, no
podemos rendirnos," murmuran, secando sus lágrimas.

Con esfuerzo y valentía, logran recopilar todos los ingredientes
necesarios. "¡Volvamos al refugio!" dice uno, mientras se
apresuran a regresar.

Al llegar, están exhaustos pero esperanzados. Entregan los
ingredientes al científico, que espera ansioso. "Gracias, empezaré
de inmediato," dice él, concentrándose en su trabajo.

El refugio se llena de una tensa espera. Todos miran al
científico, esperando que sus esfuerzos den fruto. "Por favor, que
funcione," susurra alguien en voz baja.

El científico trabaja toda la noche, mezclando los ingredientes
con cuidado. La esperanza crece en el corazón de los
sobrevivientes, mientras esperan el amanecer, preguntándose si
finalmente encontrarán una salida a su pesadilla.

- Acechan - Lurk
- Amanecer - Dawn
- Apresuran - They hurry
- Atacan - They attack

- Batalla - Battle
- Concentrándose - Concentrating
- Encuentro - Encounter
- Escuela - School
- Exhaustos - Exhausted
- Farmacia - Pharmacy
- Ingredientes - Ingredients
- Invadido - Invaded
- Mezclando - Mixing
- Peligros - Dangers
- Rápidos - Quick
- Ruinas - Ruins
- Trágicamente - Tragically

La Esperanza

La noche es larga y oscura, pero dentro del refugio, una luz de esperanza brilla. El científico trabaja sin parar, mezclando los ingredientes con manos temblorosas pero determinadas.

Mientras, los sobrevivientes se turnan para proteger el refugio. "Debemos mantenernos fuertes," se dicen unos a otros, agarrando con fuerza sus armas improvisadas.

Al amanecer, el científico se levanta de su mesa con una sonrisa cansada. "La cura... está lista," anuncia, y sus palabras llenan el aire como un suspiro de alivio.

Con cuidado, aplican la cura a un zombi que habían capturado. Los minutos parecen horas hasta que, increíblemente, el zombi comienza a cambiar. Su piel gris recupera color, y sus ojos claros vuelven a la normalidad. Es un hombre de nuevo.

La alegría explota entre los sobrevivientes. "¡Funciona! ¡La cura funciona!" gritan, abrazándose y llorando de felicidad. Pero su alegría se ve opacada por una dura realidad.

El científico mira al grupo con seriedad. "Necesitamos más ingredientes... para crear más cura," explica. Sus palabras caen como una piedra en el estómago de todos.

Sin dudarlo, deciden volver a la ciudad en busca de lo necesario. A pesar del riesgo, saben que es su única esperanza.

La ciudad parece más peligrosa que nunca. Los zombis deambulan sin rumbo, más numerosos y amenazantes que antes. El grupo avanza con cautela, evitando cualquier encuentro.

Los enfrentamientos son inevitables y cada uno pone a prueba su valentía y fuerza. A pesar del peligro, logran encontrar los ingredientes que necesitan.

Pero el viaje de regreso al refugio está lleno de tragedias. Uno de sus amigos cae, víctima de los zombis. El dolor de la pérdida es inmenso, y la caminata de regreso se siente más larga y pesada.

Al final, regresan al refugio, vencidos por la tristeza y el cansancio. Pero en sus corazones, la llama de la esperanza sigue viva, alimentada por la posibilidad de una cura.

"Vamos a acabar con esto," susurran, mirando la cura en sus manos, una mezcla de determinación y dolor llenando sus ojos. La batalla continúa, pero ahora, por primera vez, sienten que pueden ganar.

- Abrazándose - Hugging each other
- Alegría - Joy
- Amenazantes - Threatening
- Cautela - Caution
- Cura - Cure
- Determinación - Determination
- Encuentros - Encounters
- Ingredientes - Ingredients
- Inmenso - Immense
- Mezclando - Mixing
- Opacada - Overshadowed
- Peligrosa - Dangerous
- Piedra - Stone
- Recupera - Recovers
- Seriedad - Seriousness

- Sobrevivientes - Survivors
- Temblorosas - Trembling

La Última Batalla

Con los nuevos ingredientes, el grupo logra crear más dosis de la cura. "Tenemos una nueva oportunidad," dice el científico, lleno de esperanza.

Planifican cuidadosamente cómo van a distribuir la cura entre los zombis. "Necesitamos ser rápidos y silenciosos," dice el líder del grupo.

Los sobrevivientes se preparan para salir. Saben que esta misión es la más peligrosa que han enfrentado. "Todos listos," dice una madre, abrazando a su hijo.

Se dividen en grupos pequeños para cubrir más área de la ciudad. "Nos vemos pronto," se dicen con miradas llenas de miedo y esperanza.

Comienzan a curar a algunos zombis, lanzándoles la cura desde lejos. "¡Funciona!" grita uno, viendo cómo un zombi vuelve a ser humano.

Pero pronto se dan cuenta de que hay demasiados zombis. "¡Son demasiados!" grita otro sobreviviente, viendo la horda acercarse.

Los zombis, como si sintieran que algo los amenaza, atacan con más fuerza. Los sobrevivientes luchan, pero el miedo y la desesperación crecen.

Uno tras otro, algunos sobrevivientes caen ante la implacable marea de zombis. "¡No!" grita una joven, viendo caer a su amigo.

El científico, aunque desesperado, no se rinde. Continúa curando a los zombis, moviéndose entre ellos con una mezcla de miedo y determinación.

Los sobrevivientes luchan valientemente, defendiendo cada centímetro de su ciudad. Pero los zombis parecen interminables, y poco a poco, los sobrevivientes son superados.

Finalmente, solo queda el científico, rodeado por todos lados. "Lo siento," susurra, mirando a los zombis acercarse.

En un último acto de desesperación y coraje, lanza la botella de cura al aire, dispersándola en una nube de esperanza antes de que los zombis lo atrapen.

La cura se esparce, alcanzando a muchos zombis. Algunos comienzan a volver a la normalidad, pero para el científico, ya es demasiado tarde.

La ciudad queda en silencio, con la esperanza dispersa en el aire y el dolor de la pérdida en el corazón de los pocos que quedan. La batalla ha terminado, pero a un costo demasiado alto. La última batalla ha sido valiente, pero la tristeza y el cansancio invaden a los que sobreviven en la devastada ciudad.

- Acercarse - To approach
- Área - Area
- Botella - Bottle
- Científico - Scientist
- Curar - To cure
- Desesperación - Desperation
- Desesperado - Desperate
- Determinación - Determination
- Distribuir - To distribute
- Esperanza - Hope
- Horda - Horde
- Implacable - Relentless
- Interminables - Endless
- Lanzándoles - Throwing to them
- Marea - Tide
- Sobrevivientes - Survivors
- Superados - Overwhelmed

El Eco de la Advertencia

La ciudad ahora está en silencio. Las calles están vacías. Los edificios, rotos y silenciosos, guardan los secretos de los últimos días.

El laboratorio del científico también está tranquilo. Los frascos y papeles brillan débilmente bajo la luz de la luna. El polvo del caos se asienta lentamente en el suelo.

Afuera, los cuerpos de los que fueron una vez humanos yacen inmóviles. La triste historia de la ciudad se repite, como un eco sombrío de advertencia para el futuro.

Pero la ciudad, como una cueva profunda y olvidada, espera paciente. La naturaleza, poco a poco, comienza a borrar las huellas de la batalla y del horror.

La leyenda de la ciudad maldita crece. Historias de terror y advertencias se cuentan en lugares lejanos. Otros, atraídos por el misterio y los cuentos de riquezas ocultas, vendrán.

Ellos ignorarán las señales de peligro, las historias de aquellos que vivieron y murieron en la ciudad. Buscarán gloria y riquezas, sin saber el peligro que enfrentan.

Y así, el ciclo de horror puede comenzar de nuevo. La ciudad, que nunca queda vacía por mucho tiempo, espera a sus próximas víctimas.

En las sombras, la oscuridad se agita, siempre lista, siempre esperando. El final de esta historia es una advertencia: el eco de los errores del pasado, susurrando a través del silencio, esperando ser escuchado.

Los sobrevivientes, los pocos que quedan, miran hacia atrás una última vez antes de partir. "Nunca olvidaremos," dicen, y con un suspiro, se van, dejando atrás la ciudad y sus fantasmas.

La oscuridad cubre la ciudad como un manto. El silencio es profundo. Pero en el aire, flota una advertencia, un recordatorio de lo que pasó aquí, esperando que alguien, en algún lugar, escuche y recuerde.

- Advertencia - Warning
- Asienta - Settles
- Brillan - Shine
- Cuevas - Caves
- Fantasmas - Ghosts
- Frascos - Jars
- Glorias - Glories
- Huellas - Footprints
- Inmóviles - Motionless
- Leyenda - Legend
- Maldita - Cursed
- Oscuridad - Darkness
- Paciente - Patient
- Riquezas - Riches
- Sombrío - Gloomy
- Susurrando - Whispering
- Vacías - Empty

Viaje al Umbral de lo Desconocido

El Descubrimiento Misterioso

Un grupo de amigos españoles está de vacaciones en Grecia. Están emocionados por explorar las antiguas ruinas.

"Esto es increíble," dice Carlos, mirando las columnas antiguas.

Mientras caminan, descubren una entrada oculta. Está cubierta de enredaderas y piedras.

"¿Entramos?" pregunta Laura, con una mezcla de miedo y emoción.

Los amigos se miran y asienten. La curiosidad es más fuerte que el miedo.

Empiezan a bajar por unos escalones viejos y desgastados. Abajo, todo está oscuro.

Encuentran un pasadizo grande bajo la tierra. Las paredes tienen dibujos de dioses y héroes.

"Es como un viaje en el tiempo," dice Jaime, impresionado.

Siguen caminando, atraídos por el misterio del lugar.

Encuentran una puerta antigua. Está cerrada y tiene dibujos extraños.

"Miren, hay una advertencia," dice Ana, señalando las inscripciones. Pero la curiosidad es más fuerte.

Abren la puerta y cruzan. Al otro lado, todo cambia. Hay una brisa fría.

Luces extrañas iluminan un camino. Es como otro mundo.

Empiezan a oír susurros y lamentos. Es un sonido triste y aterrador.

"¿Estamos solos aquí?" pregunta Carlos, con voz baja.

Quieren volver, pero algo los empuja a seguir adelante. La curiosidad los guía.

A pesar del miedo, siguen caminando. Quieren descubrir los secretos de este lugar misterioso.

- Advertencia - Warning
- Antiguas - Ancient
- Atraídos - Attracted
- Brisa - Breeze
- Cambia - Changes
- Columnas - Columns
- Curiosidad - Curiosity
- Dibujos - Drawings
- Emocionados - Excited
- Enredaderas - Vines
- Escalones - Steps
- Inscripciones - Inscriptions
- Lamentos - Wails
- Misterioso - Mysterious
- Pasadizo - Passageway
- Puerta - Door
- Susurros - Whispers

La Entrada a lo Desconocido

Los turistas españoles se adentran en una sala enorme. El lugar tiene un aire misterioso y frío.

"Mirad, estatuas de dioses griegos," dice Ana, señalando hacia las figuras imponentes, incluyendo una muy oscura de Hades.

Entre las sombras, encuentran un mapa antiguo. Un camino está marcado claramente, llevando hacia lo que parece ser el inframundo.

"¿Bajamos más?" pregunta Carlos, con duda en su voz. Pero la curiosidad supera el miedo, y descienden por un corredor que se hunde en las profundidades de la tierra.

Un frío desconocido los envuelve, haciéndoles temblar. "¿Sentís eso?" pregunta Marta, abrazándose a sí misma.

Llegan a las orillas de un río oscuro y lúgubre. "Debe ser el Aqueronte," murmura José, recordando historias antiguas.

De la neblina, se acerca una barca silenciosa, guiada por una figura encapuchada y sombría: Caronte.

El barquero, con un gesto, les indica subir. Nadie habla; el miedo les llena la garganta.

Cruzan el río en un silencio espeso, sintiendo miradas que no pueden ver. El agua chapotea siniestramente contra la barca.

Al llegar al otro lado, un frío aún más intenso les golpea. Una inscripción antigua declara su llegada al Hades.

Luis lee en voz baja, "Bienvenidos al reino de los muertos..." Su voz se pierde en el aire frío.

Un terror real los invade. "Debemos volver," dice Ana, pero al darse la vuelta, el camino por el que vinieron ha desaparecido.

La realidad de su situación se asienta con peso y frío: están atrapados en el inframundo, sin una salida visible.

"¿Qué hacemos ahora?" pregunta Carlos, mirando a sus amigos. Todos se dan cuenta de que la verdadera aventura acaba de comenzar.

- Acheronte (Aqueronte) - Acheron (a river in the underworld in Greek mythology)
- Adentran - They enter
- Barca - Boat
- Caronte - Charon
- Chapotea - Splashes
- Corredor - Corridor
- Desaparecido - Disappeared
- Encapuchada - Hooded
- Estatuas - Statues

- Inframundo - Underworld
- Inscripción - Inscription
- Lúgubre - Gloomy
- Neblina - Mist
- Orillas - Shores
- Profundidades - Depths
- Siniestramente - Sinisterly
- Temblar - To tremble

Los Campos de Asfódelos

El grupo de turistas españoles avanza lentamente a través de los vastos y grises Campos de Asfódelos. La niebla baja y fría envuelve todo, haciéndoles temblar.

Alrededor, ven figuras borrosas: son almas, los espectros de los muertos que vagan sin rumbo. Una tristeza profunda y fría se apodera de sus corazones.

De repente, una de las almas se acerca a ellos. Es una mujer anciana que les advierte con voz temblorosa: "Cuidado, viajeros. Grandes peligros aguardan."

Intentan hablar con ella, preguntándole cómo pueden salir de este lugar. Pero ella solo responde con frases misteriosas y confusas.

"¿Qué debemos hacer?" pregunta María, una de las turistas, a las almas errantes. Ellas murmuran sobre las difíciles pruebas de Hades.

Más adelante, divisan una estructura imponente en la distancia: es el palacio de Hades, oscuro y amenazador. Carlos, el más valiente del grupo, dice: "Quizás allí encontremos respuestas."

Las almas a su alrededor comienzan a rogarles que no sigan adelante. "Es peligroso," dicen con voces llenas de miedo.

Pero los turistas saben que no tienen otra opción. Ignorando las advertencias, se dirigen hacia el palacio.

A medida que avanzan, las sombras parecen susurrar entre ellas, y los fantasmas les suplican que lleven mensajes al mundo de los vivos, sus voces llenas de desesperación.

La desesperanza se aferra a los turistas como una capa pesada, pero la urgencia de escapar del inframundo los mantiene en movimiento.

Cada paso se siente más pesado, cada aliento más frío. Pero saben que deben continuar.

Finalmente, tras lo que parece una eternidad, llegan a las enormes puertas negras del palacio de Hades. Con un suspiro colectivo de determinación, se preparan para entrar y enfrentar lo desconocido.

- Advierte - Warns
- Aferra - Clings
- Almas - Souls
- Asfódelos - Asphodels
- Capa - Cloak
- Desesperación - Desperation
- Desesperanza - Despair
- Errantes - Wandering
- Estructura - Structure
- Frases - Phrases
- Inframundo - Underworld
- Mensajes - Messages
- Miedo - Fear
- Peligros - Dangers
- Temblorosa - Trembling

Ante el Tribunal de Hades

Las enormes puertas del tribunal se abren lentamente ante los turistas españoles. El aire es frío y pesado. Delante de ellos, en tronos oscuros, se sientan Hades y Perséfone, gobernantes del inframundo.

Son llevados ante el tribunal por sombras silenciosas. Hades los examina con una mirada que hiela la sangre. "¿Por qué han invadido mi reino?" pregunta con una voz que retumba en la sala.

Los turistas, temblando, explican cómo llegaron accidentalmente a este oscuro lugar. Hades frunce el ceño, claramente molesto por la intrusión en su dominio.

Perséfone, con una mirada más suave, les habla. "Lamentablemente, no pueden simplemente irse", dice con voz melancólica. "Para regresar al mundo de los vivos, deben superar varias pruebas."

Los turistas, desesperados por volver a casa, aceptan el desafío sin dudarlo. Hades sonríe siniestramente. "No esperen que sea fácil", les advierte.

Mirándose unos a otros, los turistas sienten una mezcla de miedo y determinación. No tienen otra opción que seguir adelante.

Un espíritu silencioso les indica que sigan. Caminan hacia la primera prueba, sintiendo la pesada mirada de Hades detrás de ellos. La enorme puerta se cierra detrás con un sonido que resuena como un presagio oscuro.

Avanzan por un corredor que parece llevarlos aún más profundo en las entrañas del inframundo. El camino es oscuro y cada paso resuena en la inmensidad de aquel lugar.

"¿Podremos salir de aquí?" susurra uno de los turistas, su voz llena de miedo y duda.

"No tenemos otra opción que intentarlo", responde otro, tratando de infundir algo de valentía en su grupo.

Se detienen frente a una antigua puerta de piedra. El espíritu señala hacia ella: es la entrada a su primera prueba. Respirando hondo y con los corazones latiendo desbocadamente, se preparan para enfrentar lo desconocido. La puerta comienza a abrirse lentamente, crujiente y amenazante. Lo que les espera al otro lado es un misterio, pero saben que deben enfrentarlo para tener alguna esperanza de regresar a su mundo.

- Corredor - Corridor
- Desbocadamente - Wildly
- Desesperados - Desperate
- Dominio - Domain
- Entrañas - Bowels, innards
- Espíritu - Spirit
- Frunce - Frowns
- Inmensidad - Immensity
- Intrusión - Intrusion
- Latiendo - Beating
- Melancólica - Melancholic
- Molesto - Annoyed
- Presagio - Omen
- Pruebas - Trials, tests
- Resuena - Resonates, echoes
- Siniestramente - Sinisterly
- Tribunal - Court, tribunal

Los Campos Elíseos y las Sombras Perdidas

El grupo se encuentra de repente en una área que irradia luz y serenidad: son Los Campos Elíseos. Alrededor, ven almas que pasean felices y tranquilas entre jardines espléndidos y ríos de aguas claras.

Por un momento, se envuelven en la paz del lugar y olvidan todos sus miedos. "Es tan hermoso aquí," susurra uno de los turistas, casi hipnotizado por la belleza del lugar.

Una de las almas, que irradia una calma especial, se acerca a ellos y les explica que han llegado a una parte muy diferente del Hades. "Pero cuidado," les advierte, "no se queden mucho tiempo, o olvidarán sus propósitos y nunca se irán."

Los turistas, recordando por qué están allí, deciden no dejarse llevar por la tentación de quedarse. "Gracias por su consejo," dicen, y se preparan para continuar su viaje.

Antes de que se vayan, el alma amistosa les da una advertencia final: "Cuidado con el juicio de las almas, no todos encuentran el descanso eterno."

Con la advertencia resonando en sus mentes, continúan su camino, cruzándose con más almas que parecen haber perdido todo propósito, vagando eternamente sin rumbo.

De lejos, observan las imponentes siluetas de los jueces del inframundo. Instintivamente, deciden tomar otro camino para evitar cualquier encuentro que podría condenarlos.

Pronto, se encuentran ante una muralla gigantesca que parece dividir los distintos reinos del Hades. Buscando cómo continuar, descubren una puerta pequeña y bien escondida en la muralla.

Con un suspiro de alivio y esperanza, pasan por la pequeña puerta, encontrándose en un camino oscuro y estrecho que desciende suavemente.

Mientras avanzan, una sensación inquietante los invade. Se dan cuenta de que algo los está siguiendo en la oscuridad. El miedo vuelve a apoderarse de ellos, pero saben que deben seguir adelante si quieren encontrar la salida y volver al mundo de los vivos. Con el corazón latiendo fuertemente y el sudor frío corriendo por sus frentes, aceleran el paso, deseando encontrar pronto la luz al final de este oscuro camino.

- Almas - Souls
- Descenso - Descent
- Hades - Hades (underworld)
- Hipnotizado - Hypnotized
- Inquietante - Disturbing
- Irradia - Radiates
- Jardines - Gardens
- Juicio - Judgment
- Latido - Beating
- Muralla - Wall
- Pasean - They stroll

- Propósitos - Purposes
- Ríos - Rivers
- Serenidad - Serenity
- Siluetas - Silhouettes
- Tentación - Temptation
- Vagando - Wandering

El Encuentro con Hades

El camino hacia el destino final se vuelve más frío y oscuro. Los turistas pueden sentir el aliento helado del inframundo en sus cuellos y empiezan a escuchar voces susurrantes y pasos siguiéndolos en la sombra.

Finalmente, llegan a una gran sala donde les espera una figura imponente: Hades, el dios del inframundo. Su presencia es abrumadora y su voz, cuando habla, retumba como el trueno. "¿Por qué han osado entrar en mi reino?" pregunta con severidad.

Los turistas, temblando, explican cómo llegaron allí por accidente y suplican por su libertad. Hades escucha con una expresión inescrutable y luego habla con firmeza: "Para salir de aquí, deben ser juzgados."

El miedo se apodera de ellos al darse cuenta de que deben enfrentar sus propias verdades. Hades llama a las tres Erinias, diosas de la venganza, que comienzan a examinar las almas de los turistas, revelando sus errores y miedos más profundos.

Cada turista se enfrenta a su juicio personal, sintiendo el peso de sus acciones pasadas. Después de lo que parece una eternidad, Hades, con un gesto de su mano, detiene el juicio.

"Les daré una oportunidad para redimirse," declara Hades. "Deben encontrar y liberar a una alma inocente atrapada en el Tártaro. Si tienen éxito, podrán dejar el inframundo."

Los turistas, aunque llenos de miedo, saben que esta es su única esperanza. Aceptan la tarea con determinación, aunque la idea de descender al Tártaro los aterroriza.

Hades les advierte sobre los innumerables peligros que
enfrentarán, pero les proporciona un objeto místico para ayudarlos
en su misión. "Usen esto con sabiduría," dice, entregándoles una
pequeña esfera luminosa.

Con corazones pesados pero llenos de una nueva determinación,
los turistas se preparan para enfrentar la misión más peligrosa de
sus vidas, conscientes de que el camino hacia la redención está
lleno de peligros y que el fracaso significa quedar atrapados para
siempre en la oscuridad del inframundo.

- Abismos - Abysses
- Aliento - Breath
- Cuellos - Necks
- Erinias - Furies
- Eternidad - Eternity
- Firmeza - Firmness
- Inescrutable - Inscrutable
- Juicio - Judgment
- Libertad - Freedom
- Oscuro - Dark
- Redimirse - Redeem oneself
- Reino - Kingdom
- Severidad - Severity
- Susurrantes - Whispering
- Tártaro - Tartarus
- Trueno - Thunder
- Verdades - Truths

La Misión en el Tártaro

Los turistas comienzan su descenso al Tártaro, el reino más
temido y oscuro del inframundo. Es un lugar donde la esperanza
parece haber muerto, lleno de monstruos y almas en pena.

A cada paso, se encuentran con horrores indescriptibles: almas
torturadas que les suplican ayuda y criaturas aterradoras que

acechan en las sombras. El aire está cargado de desesperación y dolor.

Con el antiguo mapa que Hades les entregó, buscan el camino correcto. Las rutas son confusas, pero siguen adelante, motivados por la necesidad de cumplir su misión.

En el corazón del Tártaro, descubren al alma inocente: una figura solitaria atrapada en una jaula hecha de puras sombras. Se acercan con cautela y escuchan su triste historia, comprendiendo por qué Hades la considera inocente.

La lucha para liberar al alma es intensa. Los guardianes oscuros del Tártaro son formidables, pero los turistas, armados con valentía y el objeto místico de Hades, logran vencerlos y romper las cadenas que aprisionan al alma.

El alma liberada les agradece con lágrimas en sus ojos, y juntos, inician el peligroso camino de regreso. Sin embargo, sienten que una presencia maligna los persigue, intentando evitar su escape.

Corren desesperadamente, evitando obstáculos y enfrentándose a nuevos horrores. El alma les guía, dándoles esperanza y fuerza para continuar.

Finalmente, exhaustos pero triunfantes, regresan a la sala de Hades. El dios del inframundo los espera, y al ver que han cumplido su tarea, muestra una expresión de sorpresa y respeto.

"Han demostrado ser valientes y dignos," declara Hades con una voz que resuena en la inmensa sala. "Cumpliré mi promesa."

Con un gesto de su mano, Hades revela un portal luminoso: es el camino de regreso al mundo de los vivos. Los turistas, aliviados y agradecidos, se despiden del alma que salvaron y se dirigen hacia la luz, listos para dejar atrás las sombras del inframundo y abrazar nuevamente la vida.

- Agradecidos - Grateful
- Alma - Soul
- Aterradoras - Terrifying

- Cadenas - Chains
- Cautela - Caution
- Desesperación - Desperation
- Desesperadamente - Desperately
- Guardianes - Guardians
- Inframundo - Underworld
- Monstruos - Monsters
- Obstáculos - Obstacles
- Penalidades - Hardships
- Persigue - Pursues
- Suplican - They beg
- Valentía - Bravery
- Vencerlos - Defeat them

El Regreso a la Luz

Los turistas caminan siguiendo el camino lleno de luz que Hades les mostró. Sienten un alivio enorme por dejar atrás la oscuridad y el miedo del inframundo.

Mientras suben, piensan en todo lo que han vivido y aprendido. "Nunca imaginé algo así," dice uno, mirando hacia atrás una última vez.

De repente, ven la luz del día. El sol brilla a través de una pequeña abertura. "¡La salida!" gritan todos juntos.

Con cuidado, se ayudan unos a otros a salir del túnel estrecho y oscuro. Al salir, se encuentran de nuevo en las ruinas donde todo empezó.

Respiran hondo, llenando sus pulmones con el aire fresco del mundo exterior. Sienten una alegría y una gratitud enormes por la vida.

Se prometen nunca olvidar lo que han visto y vivido. "Debemos cubrir esa entrada," dice uno, mirando hacia la abertura que los llevó al Hades.

Después de asegurarse de que nadie más caiga accidentalmente en el inframundo, se abrazan fuertemente, felices de estar vivos y juntos.

Vuelven al pueblo, donde las personas estaban preocupadas por ellos. "¿Dónde estaban?" preguntan los locales. Los turistas solo se miran y sonríen.

Deciden mantener su historia en secreto, sabiendo que es demasiado increíble para que otros la crean. Pero entre ellos, la experiencia los une de una manera única.

Aunque intentan seguir adelante, los recuerdos del inframundo a veces los persiguen en sus sueños. Sin embargo, se consuelan en su amistad y en las lecciones aprendidas.

Con el tiempo, su aventura se convierte en una leyenda, una historia que susurran en voz baja. Pero para ellos, siempre será una experiencia real, un recordatorio del peligro de dejar que la curiosidad los lleve demasiado lejos.

La vida continúa, pero ahora con una nueva perspectiva. Valoran cada día y cada momento con sus seres queridos. El sol nunca ha sido tan brillante, la vida nunca tan valiosa, después de haber visto la oscuridad que se esconde bajo el mundo. La experiencia en el Hades los ha cambiado para siempre, dejándoles una sabiduría melancólica pero profunda.

- Abertura - Opening
- Agradecidos - Grateful
- Alegría - Joy
- Asegurarse - To make sure
- Brillante - Bright
- Frescura - Freshness
- Gratitud - Gratitude
- Increíble - Incredible
- Inframundo - Underworld
- Melancólica - Melancholic
- Oscuro - Dark

- Perspectiva - Perspective
- Pueblo - Town, Village
- Recuerdos - Memories
- Sabiduría - Wisdom
- Susurran - They whisper
- Túnel - Tunnel

El Despertar de la Sombra Azteca

Un descubrimiento inquietante

En la Ciudad de México, un equipo de constructores está trabajando. Excavan bajo las calles de la ciudad.

"Hemos encontrado algo," grita uno de los constructores.

Todos se acercan. Hay una cámara secreta bajo la tierra.

"Está sellada con piedras antiguas," dice el jefe de los constructores.

"Debemos abrirla," decide el equipo. Rompen el sello y abren la cámara.

Dentro, encuentran estatuas y símbolos aztecas.

"Es increíble," dice un constructor, pero todos sienten un frío extraño.

Mirando más de cerca, ven una estatua negra grande. Es una criatura temible.

"¿Qué es esto?" pregunta uno, tocando la estatua.

De repente, el aire se vuelve pesado. Un temblor suave sacude el suelo.

"Esto me da miedo," dice otro constructor.

"Pero es un descubrimiento importante," dice el jefe. "Vamos a llevarla arriba."

Es de noche cuando sacan la estatua a la superficie. La ciudad está extrañamente silenciosa.

"¿Notan eso?" pregunta uno. "La ciudad está muy callada."

Todos se miran. Algo no está bien. Las calles, normalmente llenas de vida, están silenciosas y vacías.

"Deberíamos irnos a casa," dice el jefe. Pero el sentimiento de inquietud permanece con ellos.

Esa noche, algo antiguo y oscuro despierta en la ciudad.

- Antiguas - Ancient
- Calles - Streets
- Cámara - Chamber
- Criatura - Creature
- Descubrimiento - Discovery
- Estatuas - Statues
- Extraño - Strange
- Inquietante - Disturbing
- Llenas - Full
- Pesado - Heavy
- Sello - Seal
- Símbolos - Symbols
- Suave - Soft, Gentle
- Superficie - Surface
- Temible - Frightening
- Temblor - Tremor
- Vacías - Empty

La maldición se despierta

Un equipo de historiadores examina la estatua en un museo grande. Es una noche de mucho silencio.

"Esto representa a un demonio azteca," dice el profesor García, mirando la estatua.

"La leyenda dice que este demonio trae destrucción," añade la profesora Martínez, con miedo.

Esa noche, la gente en la ciudad empieza a tener pesadillas muy malas.

"Vi sombras moviéndose," dice Juan, un hombre de la ciudad, a su amigo Carlos.

"No solo tú. Mis perros están actuando muy extraño," responde Carlos, preocupado.

En la ciudad, se siente una energía muy oscura y mala.

Los símbolos aztecas, antiguos y misteriosos, empiezan a aparecer en las calles, en paredes y suelos.

Los terremotos, pequeños pero frecuentes, asustan a la gente.

Y entonces, algo muy extraño pasa. La estatua, la gran estatua negra, desaparece misteriosamente del museo.

En la ciudad, la gente escucha susurros sin saber de dónde vienen.

"¿Escuchaste eso?" pregunta Ana a su hermana.

"No veo nada, pero puedo oírlo," responde su hermana, con miedo.

Además, personas comienzan a desaparecer sin explicación alguna.

El cielo, normalmente claro y azul, se oscurece como si fuera a llover, pero no hay nubes.

La gente está muy asustada y el pánico comienza a extenderse por toda la ciudad.

Un viento frío, que nunca para, sopla en las calles. La gente lo siente, incluso dentro de sus casas.

"Algo malo está pasando," dice el profesor García, mirando el cielo oscuro.

La ciudad, antes llena de vida y ruido, ahora parece esperar algo, algo malo y oscuro. La maldición del demonio azteca, parece, se ha despertado.

- Actuando - Acting
- Aparecer - Appear
- Asustan - Scare
- Demonio - Demon
- Desaparecer - Disappear
- Destrucción - Destruction
- Energía - Energy
- Escuchaste - Did you hear

- Maldición - Curse
- Misteriosos - Mysterious
- Oscurece - Darkens
- Pánico - Panic
- Pesadillas - Nightmares
- Sopla - Blows
- Susurros - Whispers
- Terremotos - Earthquakes
- Viento - Wind

El caos se desata

Una noche, en Ciudad de México, todo cambia. Un gran demonio sale de las sombras. Sus ojos son como fuego.

La gente en la calle grita, "¡Un monstruo!" Todos corren.

Los edificios y las calles se rompen. Todo queda en ruinas.

La electricidad se corta. Todas las luces se apagan. Solo se oyen gritos y ruidos fuertes.

"¡Corre, corre!" dice un hombre a su familia.

El demonio busca algo. Camina por la ciudad, mirando todo.

Algunos hombres y mujeres intentan luchar. "¡Vamos a detenerlo!" dicen. Pero no pueden. Sus armas no hacen nada.

La gente se esconde donde puede: en casas, debajo de mesas, en lugares pequeños.

Todo se destruye muy rápido. Hay fuego y humo.

Grupos de hombres y mujeres intentan ayudar. "¡Vengan con nosotros!" dicen. Pero es difícil.

Las calles están llenas de coches rotos y escombros. No se puede caminar bien.

No hay agua ni comida. Todo es un desastre.

La gente llora. "¿Qué vamos a hacer?" preguntan. La esperanza parece desvanecerse.

En una casa pequeña, una familia se abraza. "Tenemos que estar juntos," dice la mamá.

Pero afuera, el caos continúa. El demonio sigue buscando, destruyendo todo.

La noche es larga y muy oscura. Nadie sabe qué va a pasar. Todo es miedo y confusión.

- Abraza - Embraces
- Coche - Car
- Confusión - Confusion
- Desastre - Disaster
- Desvanecerse - Fade away
- Destrueye - Destroys
- Escombros - Rubble
- Esconde - Hides
- Fuego - Fire
- Gritar - To scream, yell
- Humo - Smoke
- Luchar - To fight
- Mesas - Tables
- Monstruo - Monster
- Ruidos - Noises
- Ruinas - Ruins
- Sombras - Shadows

La búsqueda de la solución

En medio del caos, un grupo de sobrevivientes se reúne.

"Tenemos que encontrar una manera de detener esto," dice José, el líder.

Leen libros antiguos llenos de polvo y buscan en textos aztecas.

"¡Aquí! Dice que podemos detener al demonio," grita Ana, señalando un libro.

Necesitan un objeto especial, algo muy antiguo y poderoso.

"Vamos a encontrarlo. Debemos salvar la ciudad," dice Carlos con determinación.

Buscan en todos lados: museos, ruinas, bibliotecas que aún están en pie.

Encuentran mapas y pistas. "Debe estar aquí," dice Lucía, mirando un mapa antiguo.

Pero el camino es peligroso. Hay destrucción por todas partes y criaturas extrañas rondando.

Finalmente, encuentran una cueva oculta bajo la ciudad.

Dentro de la cueva, hay una lanza. Es antigua y brilla con una luz fuerte.

"Es la lanza sagrada," susurra José con asombro.

Todos sienten una energía positiva. Hay esperanza.

Pero el demonio siente la lanza. La ciudad se queda extrañamente tranquila.

"El demonio sabe," dice Ana con miedo.

Pero ahora tienen una oportunidad. "Es nuestra hora," dice Carlos.

Preparan su plan, sabiendo que es su última oportunidad para salvar su hogar.

- Antiguos - Ancient
- Asombro - Amazement
- Búsqueda - Search
- Cueva - Cave
- Demonio - Demon
- Destrucción - Destruction
- Encuentran - They find
- Energía - Energy
- Lanza - Spear

- Libros - Books
- Mapas - Maps
- Objeto - Object
- Pelígroso - Dangerous
- Pistas - Clues
- Positiva - Positive
- Sagrada - Sacred
- Sobrevivientes - Survivors

El enfrentamiento se acerca

En la ciudad en ruinas, un pequeño grupo de valientes se prepara para el último combate.

"Tenemos que ser inteligentes," dice Ana, mirando a sus amigos.

Todos trabajan juntos, reforzando sus escondites con lo que encuentran.

La ciudad parece esperar en un silencio total.

De repente, un rugido terrible llena el aire. "Viene," dice Luis, con la voz tensa.

"El plan debe funcionar," afirma José, mirando la lanza sagrada. La colocan en el centro, como cebo.

Construyen barricadas y revisan sus armas. La esperanza brilla en sus ojos.

La noche llega, y con ella, un silencio pesado. Todos sienten la tensión.

Los pasos del demonio retumban, acercándose cada vez más.

"Es ahora o nunca," susurra Carlos, y todos se ocultan, listos para el combate.

El demonio entra, sus ojos buscando, sintiendo la trampa.

Carlos mira a Ana. Ella asiente. Es el momento.

De repente, saltan de sus escondites, gritando y corriendo hacia el demonio.

La batalla comienza. Es dura y feroz. El demonio golpea, pero ellos son ágiles y fuertes.

A pesar del miedo, luchan con todo lo que tienen, guiados por la luz de la lanza.

"¡Por nuestra ciudad!" grita Ana, liderando el ataque.

El demonio, sorprendido por su valentía, retrocede.

En ese instante, todos saben que esta batalla decidirá todo. No hay vuelta atrás.

- Acercándose - Approaching
- Armadas - Armed (referring to weapons)
- Barricadas - Barricades
- Cebo - Bait
- Combate - Combat
- Escondites - Hideouts
- Feroz - Fierce
- Golpea - Hits, Strikes
- Inteligentes - Smart
- Lanza - Spear
- Ocultar - To hide
- Refuerzan - Strengthen
- Retumban - They resound, echo
- Rugido - Roar
- Tensa - Tense
- Valientes - Brave
- Vuelta - Return, Turn

La batalla en la oscuridad

La pelea contra el demonio es feroz y despiadada. Con cada golpe, edificios y esperanzas se derrumban.

"¡Ataquen con todo!" grita José, lanzando una botella en llamas.

Las calles de la ciudad, ahora un campo de batalla, brillan con las llamas del conflicto.

Durante la lucha, varios del grupo reciben heridas del demonio.

Ana, con la cara manchada de polvo y sudor, grita con fuerza, "¡No podemos rendirnos, amigos!"

En medio del caos, Carlos, con ojos agudos, nota algo en el demonio. "¡Su ala! ¡Está herido!"

El demonio, sintiendo el peligro, intenta huir, pero el grupo, unido, forma un círculo alrededor de él.

Con la lanza en mano, avanzan. "¡Ahora!" grita Carlos, y todos atacan apuntando al corazón oscuro del demonio.

El demonio, atrapado, suelta un grito que sacude el aire y la tierra.

Bajo ellos, el suelo se estremece, pero permanecen valientes y firmes.

Con un último esfuerzo, el demonio cae, debilitado y vencido, ante el grupo exhausto pero resiliente.

Todos se detienen, recuperando el aliento, mirando al enemigo caído.

"¿Lo hemos derrotado?" pregunta María, su voz temblorosa pero esperanzada.

A su alrededor, la oscuridad sigue, pero el silencio se siente diferente: es un silencio de victoria.

El demonio, la fuente de tanto miedo y destrucción, yace inmóvil en el suelo, vencido por la valentía y la unidad del grupo.

- Agudos - Sharp (referring to eyesight or perception)
- Ala - Wing
- Ataquen - Attack (command form)
- Caos - Chaos

- Derrumban - They collapse
- Despiadada - Ruthless
- Estremece - Shakes, Trembles
- Feroz - Fierce
- Herido - Injured, Wounded
- Inmóvil - Motionless
- Manchada - Stained
- Oscuridad - Darkness
- Permanecen - They remain
- Recuperando - Recovering
- Rendirnos - To surrender (negative command form)
- Resiliente - Resilient
- Valentía - Bravery

El último amanecer

Después de una noche larga y oscura, la ciudad empieza a ver la luz del día. Los edificios rotos y las calles vacías cuentan la historia de la batalla que pasó.

Los sobrevivientes, con ropa rasgada y caras cansadas, salen de sus escondites. Miran todo el daño, pero dentro de ellos hay un sentimiento nuevo: esperanza.

Carlos, con un libro antiguo en sus manos, dice, "No podemos dejar que esto pase otra vez."

Encuentran en el libro un ritual viejo, uno que puede asegurar que el demonio nunca regrese.

"Pero necesitamos cosas especiales para hacer el ritual," dice José, leyendo la lista.

La gente de la ciudad, a pesar de su cansancio, se une. Todos ayudan a buscar los materiales necesarios.

Al llegar el amanecer, se reúnen para empezar el ritual. El cielo se tiñe de rojo y naranja.

De repente, el suelo tiembla. El demonio, aunque debilitado, intenta levantarse.

"Pero no vamos a dejarlo," dice Ana, firme. "¡Canten conmigo!"

Todos juntan sus voces, y la energía del canto llena el aire.

La luz del amanecer se hace más fuerte, brillando sobre el demonio.

El monstruo grita, una mezcla de rabia y miedo, pero la luz lo envuelve completamente.

Con un último grito, el demonio se desvanece, como humo llevado por el viento.

La ciudad entera se queda en silencio, y luego, poco a poco, comienza a celebrar. Se abrazan, lloran y ríen juntos.

"Hemos salvado nuestra casa," dice Ana, mirando el amanecer. Sus ojos están llenos de lágrimas, pero esta vez son de alegría.

El día nuevo ha llegado, lleno de promesas y esperanza. La oscuridad ha sido vencida, y la luz brilla más fuerte que nunca.

- **Amanecer** - Dawn
- **Asegurar** - To ensure
- **Canten** - Sing (command form)
- **Daño** - Damage
- **Desvanece** - Fades away, vanishes
- **Escondites** - Hiding places
- **Firme** - Firm, steady
- **Gritar** - To scream, shout
- **Levantarse** - To get up, rise
- **Materiales** - Materials
- **Promesas** - Promises
- **Rasgada** - Torn (referring to clothing)
- **Regrese** - Return (in subjunctive or imperative mood)
- **Ritual** - Ritual
- **Tiñe** - Dyes, stains (referring to coloring)
- **Tiembla** - Shakes, trembles
- **Vencida** - Defeated

Nuevos comienzos

La ciudad de México amanece diferente después de la batalla.
Los edificios rotos y las calles vacías empiezan a llenarse de vida
nuevamente.

"Tenemos que reconstruir todo," dice Carlos, mirando a su
alrededor. La gente asiente y comienza a trabajar.

Ana y Carlos se ponen al frente. "Vamos a hacer nuestra ciudad
más bonita que antes," dice Ana con una sonrisa.

Los artistas pintan murales grandes. Los murales muestran la
batalla, los héroes y la victoria.

Los niños, que antes temían salir, ahora juegan en las plazas y
calles.

"Somos más fuertes juntos," dice un vecino. La comunidad se
siente unida y fuerte.

Deciden que cada año van a celebrar un festival. "Para recordar
y para celebrar," explica Ana.

En todo México, la gente habla de los héroes y del demonio.
Pero ya no con miedo, sino con orgullo.

El grupo que luchó contra el demonio ahora cuida la ciudad. Son
los guardianes.

Ana mira el cielo y sonríe. "He encontrado mi paz," dice. Pero
en sus ojos se ve la fuerza de alguien que ha luchado.

Carlos ayuda a todos en la ciudad. Se ha convertido en un
verdadero líder.

Poco a poco, la ciudad vuelve a ser hermosa. Los colores
vuelven, la vida vuelve.

La gente ya no teme al demonio. Pero nunca olvidan. Siempre
están listos.

Los que sobrevivieron encuentran nuevos caminos, nuevas
esperanzas.

Y cada mañana, el sol brilla, prometiendo un día nuevo y un futuro mejor. "Estamos juntos en esto," dice Ana, mirando a todos los que ayudaron a reconstruir. Y en sus rostros, hay sonrisas.

- Amanece - Dawns
- Asiente - Nods, agrees
- Celebrar - To celebrate
- Comienzos - Beginnings
- Convertido - Turned into, become
- Festival - Festival
- Fuertes - Strong
- Guardianes - Guardians
- Héroes - Heroes
- Murales - Murals
- Orgullo - Pride
- Paz - Peace
- Plazas - Squares, plazas
- Reconstruir - To rebuild
- Sonríe - Smiles
- Temían - They feared
- Victoria - Victory

Spanish Graded Readers

For more books and E-book options visit:

www.briansmith.de